LE PONT AUX TROIS ARCHES

三孔桥

Ismail Kadaré

[阿尔巴尼亚] 伊斯梅尔·卡达莱 / 著

施雪莹 / 译

南方出版传媒
花城出版社
中国·广州

图书在版编目（CIP）数据

三孔桥 /（阿尔巴）卡达莱著；施雪莹译. -- 广州：花城出版社，2015.7（2016.11重印）
（蓝色东欧 / 高兴主编. 第4辑）
ISBN 978-7-5360-7606-8

Ⅰ. ①三… Ⅱ. ①卡… ②施… Ⅲ. ①长篇小说－阿尔巴尼亚－现代 Ⅳ. ①I541.45

中国版本图书馆CIP数据核字(2015)第171476号

合同版权登记号：图字19-2013-064号
LE PONT AUX TROIS ARCHES
Copyright © 1993, Librairie Arthème Fayard
All rights reserved

出 版 人：詹秀敏
丛书策划：肖建国　朱燕玲　孙虹
出版统筹：李倩倩
责任编辑：杜小烨
技术编辑：薛伟民　凌春梅
装帧设计：棱角视觉 ANGULAR VISION
封面供图：子夏

书　　名	三孔桥 SANKONG QIAO
出版发行	花城出版社 （广州市环市东路水荫路11号）
经　　销	全国新华书店
印　　刷	恒美印务（广州）有限公司 （广州南沙经济技术开发区环市大道南路334号）
开　　本	880毫米×1230毫米　32开
印　　张	5.5　2插页
字　　数	100,000字
版　　次	2015年7月第1版　2016年11月第2次印刷
定　　价	27.00元

本书中文专有出版权归花城出版社独家所有，非经本社同意不得连载、摘编或复制。
如发现印装质量问题，请直接与印刷厂联系调换。
购书热线：020-37604658　37602954
欢迎登陆花城出版社网站：http://www.fcph.com.cn

三孔桥

目　录
CONTENTS

记忆，阅读，另一种目光（总序）／高兴　／　1
一座桥的故事（中译本前言）／施雪莹　／　1

三孔桥　／　1

记忆，阅读，另一种目光

（总序）

高兴

昆德拉说过："人的一生注定扎根于前十年中。"我想稍稍修改一下他的说法："人的一生注定扎根于童年和少年中。"童年和少年确定内心的基调，影响一生的基本走向。

不得不承认，二十世纪五六十年代出生的人都有着不同程度的俄罗斯情结和东欧情结。这与我们的成长有关，与我们的童年、少年和青春岁月有关。而那段岁月中，电影，尤其是露天电影又有着怎样重要的影响。那时，少有的几部外国电影便是最最好看的电影，它们大多来自东欧国家，几乎吸引了所有人的目光，是我们童年的节日。在某种意义上，甚至可以说，它们还是我们的艺术启蒙和人生启蒙，构成童年最温馨、最美好和最结实的部分。

还有电影中的台词和暗号。你怎能忘记那些台词和暗号。它们已成为我们青春的经典。最最难忘的是《瓦尔特保卫萨拉热窝》。"'空气在颤抖,仿佛天空在燃烧。''是啊,暴风雨来了。'""看,这座城市,它就是瓦尔特。"简直就是诗歌。是我们接触到的最初的诗歌。那么悲壮有力的诗歌。真正有震撼力的诗歌。诗歌,就这样和英雄主义和浪漫主义,紧紧地连接在了一道。

还有那些柔情的诗歌。裴多菲,爱明内斯库,密茨凯维奇。要知道,在二十世纪七八十年代,读到他们的诗句,绝对会有触电般的感觉。而所有这一切,似乎就浓缩成了几粒种子,在内心深处生根,发芽,成长为东欧情结之树。

然而,时过境迁,我们需要重新打量"东欧"以及"东欧文学"这一概念。严格来说,"东欧"是个政治概念,也是个历史概念。过去,它主要指波兰、捷克斯洛伐克、匈牙利、罗马尼亚、保加利亚、南斯拉夫、阿尔巴尼亚七个国家。因此,在当时,"东欧文学"也就是指上述七个国家的文学。这七个国家,加上原先的东德,都曾经是以苏联为首的华沙条约组织的成员。

一九八九年底,东欧发生剧变。此后,苏联解体,华沙条约组织解散,捷克和斯洛伐克分离,南斯拉夫各共和国相继独立,所有这些都在不断改变着"东欧"这一概念。而实际情况是,波兰、捷克、匈牙利、罗马尼亚等国家甚至都不再愿意被称为东欧国家,它们更愿意被称为中欧或中南欧国家。同样,不少上述国家的作家也竭力抵制和否定这一概念。在他们看来,东欧是个高度政治化、笼统化的概念,对文学定位和评判,不太有利。这是一种微妙的姿态。在这种姿态中,民族自尊心也发挥着不可估量的作用。

但在中国,"东欧"和"东欧文学"这一概念早已深入人心,有广泛的群众和读者基础,有一定的号召力和亲和力。因此,继续使用"东欧"和"东欧文学"这一概念,我觉得无可厚非,有利于研究、译介和推广这些特定国家的文学作品。事实上,欧美一些大学、研究中心也还在继续使用这一概念。只不过,今日,当我们提到这一概念,涉及的就不仅仅是七个国家,而应该包含更多的国家:立陶宛、摩尔多瓦等独联体国家,还有波黑、克罗地亚、斯洛文尼亚、塞尔维亚、黑山等从南斯拉夫联盟独立出来的国家。我们之所以还能把它们作为一个整体来谈论,是因为它们有着太多的共同点:都是欧洲弱小国家,历史上都曾不断遭受侵略、瓜分、吞并和异族统治,都曾把民族复兴当作最高目标,都是到了十九世纪末二十世纪初才相继获得独立,或得到统一,第二次世界大战后都走过一段相同或相似的社会主义道路,一九八九年后又相继推翻了共产党政权,走上了资本主义发展道路。之后,又几乎都把加入北约、进入欧盟当作国家政策的重中之重。这二十年来,发展得都不太顺当,作家和文学都陷入不同程度的困境。用饱经风雨、饱经磨难来形容这些国家,十分恰当。

换一个角度,侵略、瓜分、异族统治、动荡、迁徙,这一切同时也意味着方方面面的影响和交融。甚至可以说,影响和交融,是东欧文化和文学的两个关键词。看一看布拉格吧。生长在布拉格的捷克著名小说家伊凡·克里玛,在谈到自己的城市时,有一种掩饰不住的骄傲:"这是一个神秘的和令人兴奋的城市,有着数十年甚至几个世纪生活在一起的三种文化优异的和富有刺激性的混合,从而创造了一种激发人们创造的空气,即捷克、德国和犹太文化。"①

克里玛又借用被他称作"说德语的布拉格人"乌兹迪尔的笔为我们描绘了一个形象的、感性的、有声有色的布拉格。这是一个具有超民族性的神秘的世界。在这里,你很容易成为一个世界主义者。这里有幽静的小巷、热闹的夜总会、露天舞台、剧院和形形色色的小餐馆、小店铺、小咖啡屋和小酒店。还有无数学生社团和文艺沙龙。自然也有五花八门的妓院和赌场。布拉格是敞开的,是包容的,是休闲的,是艺术的,是世俗的,有时还是颓废的。

---

① 见伊凡·克里玛《布拉格精神》第44页,崔卫平译,作家出版社1998年版。

布拉格也是一个有着无数伤口的城市。战争、暴力、流亡、占领、起义、颠覆、出卖和解放充满了这个城市的历史。饱经磨难和沧桑，却依然存在，且魅力不减，用克里玛的话说，那是因为它非常结实，有罕见的从灾难中重新恢复的能力，有不屈不挠同时又灵活善变的精神。如果要用一个词来形容布拉格的话，克里玛觉得就是：悖谬。悖谬是布拉格的精神。

或许悖谬恰恰是艺术的福音，是艺术的全部深刻所在。要不然从这里怎会走出如此众多的杰出人物：德沃夏克，雅那切克，斯美塔那，哈谢克，卡夫卡，布洛德，里尔克，塞弗尔特，等等。这一大串的名字就足以让我们对这座中欧古城表示敬意。

布拉格如此，萨拉热窝、华沙、布加勒斯特、克拉科夫、布达佩斯等众多东欧城市，均如此。走进这些城市，你都会看到一道道影响和交融的影子。

在影响和交融中，确立并发出自己的声音，十分重要。不少东欧作家为此做出了开拓性和创造性的贡献。我们不妨将哈谢克和贡布罗维奇当作两个案例，稍加分析。

说到捷克作家哈谢克，我们会想起他的代表作《好兵帅克》。以往，谈论这部作品，人们往往仅仅停留于政治性评价。这不够全面，也容易流于庸俗。《好兵帅克》几乎没有什么中心情节，有的只是一堆零碎的琐事，有的只是帅克闹出的一个又一个的乱子，有的只是幽默和讽刺。可以说，幽默和讽刺是哈谢克的基本语调。正是在幽默和讽刺中，战争变成了一个喜剧大舞台，帅克变成了一个喜剧大明星，一个典型的"反英雄"。看得出，哈谢克在写帅克的时候，并没有考虑什么文学的严肃性。很大程度上，他恰恰要打破文学的严肃性和神圣感。他就想让大家哈哈一笑。至于笑过之后的感悟，那就是读者自己的事情了。这种轻松的姿态反而让他彻底放开了。借用帅克这一人物，哈谢克把皇帝、奥匈帝国、密探、将军、走狗等等统统给骂了。他骂得很过瘾，很解气，很痛快。读者，尤其是捷克读者，读得也很过瘾,很解气,很痛快。幽默和讽刺于是又变成了一件有力的武器,特别适用于捷克这么一个弱小的民族。哈谢克最大的贡献也正在于此:为捷克民族和捷克文学找到了一种声音,确立了一种传统。

而波兰作家贡布罗维奇与哈谢克不同,恰恰是以反传统而引起世人瞩目的。他坚决主张让文学独立自主。在二十世纪三四十年代,贡布罗维奇的作品在波兰文坛显得格外怪异离谱,他的文字往往夸张扭曲,人物常常是漫画式的,他们随时都受到外界的侵扰和威胁,内心充满了不安和恐惧,像一群长不大的孩子。作家并不依靠完整的故事情节,而是主要通过人物荒诞怪僻的行为,表现社会的混乱、荒谬和丑恶,表现外部世界对人性的影响和摧残,表现人类的无奈和异化以及人际关系的异常和紧张。长篇小说《费尔迪杜凯》就充分体现出了他的艺术个性和创作特色。

捷克的赫拉巴尔、昆德拉、克里玛、霍朗,波兰的米沃什、赫贝特、希姆博尔斯卡,罗马尼亚的埃里亚德、索雷斯库、齐奥朗,匈牙利的凯尔泰斯、艾什特哈兹,塞尔维亚的帕维奇、波帕,阿尔巴尼亚的卡达莱……如此具有独特风格和魅力的当代东欧作家实在是不胜枚举。

某种程度上,东欧曾经高度政治化的现实,以及多灾多难的痛苦经历,恰好为文学和文学家提供了特别的土壤。没有捷克经历,昆德拉不可能成为现在的昆德拉,不可能写出《可笑的爱》《玩笑》《不朽》和《难以承受的存在之轻》这样独特的杰作。没有波兰经历,米沃什也不可能成为我们所熟悉的将道德感同诗意紧密融合的诗歌大师。但另一方面,需要注意的是,由于语言的局限以及话语权的控制,东欧文学也极易被涂上浓郁的意识形态色彩。应该承认,恰恰是意识形态色彩成全了不少作家的声名。昆德拉如此。卡达莱如此。马内阿如此。赫尔塔·米勒亦如此。我们在阅读和研究这些作家时,需要格外地警惕。过分地强调政治性,有可能会忽略他们的艺术性和丰富性。而过分地强调艺术性,又有可能会看不到他们的政治性和复杂性。如何客观地、准确地认识和评价他们，同样需要我们的敏感和平衡。

一个美国作家，一个英国作家，或一个法国作家，在写出一部作品时，就已自然而然地拥有了世界各地广大的读者，因而，不管自觉与否，他，或她，很容易获得一种语言和心理上的优越感和骄傲感。这种感觉东欧作家难以体会。有抱负的东欧作家往往会生出一种紧迫感和危机感。他们要用尽全力将弱势转化为优势。昆德拉就反复强调，身处小国，你"要么做一个可怜的、眼光狭窄的人"，要么成为一个广闻博识的"世界性的人"。别无选择，有时，恰恰是最好的选择。因此，东欧作家大多会自觉地"同其他诗人，其他世界，和其他传统相遇"（萨拉蒙语）。昆德拉、米沃什、齐奥朗、贡布罗维奇、赫贝特、卡达莱、萨拉蒙等等东欧作家都最终成为"世界性的人"。

关注东欧文学，我们会发现，不少作家，基本上，都在出走后，都在定居那些发达国家后，才获得一定的国际声誉。贡布罗维奇、昆德拉、齐奥朗、埃里亚德、扎加耶夫斯基、米沃什、马内阿、史沃克莱茨基等等都属于这样的情形。各种各样的原因，让他们选择了出走。生活和写作环境、意识形态原因、文学抱负、机缘等，都有。再说，东欧国家都是小国，读者有限，天地有限。

在走和留之间，这基本上是所有东欧作家都会面临的问题。因此，我们谈论东欧文学，实际上，也就是在谈论两部分东欧文学：海外东欧文学和本土东欧文学。它们缺一不可，已成为一种事实。

在我国，东欧文学译介一直处于某种"非正常状态"。正是由于这种"非正常状态"，在很长一段岁月里，东欧文学被染上了太多的艺术之外的色彩。直至今日，东欧文学还依然更多地让人想到那些红色经典。阿尔巴尼亚的反法西斯电影，捷克作家伏契克的《绞刑架下的报告》，保加利亚的革命文学，都是典型的例子。红色经典当然是东欧文学的组成部分，这毫无疑义。我个人阅读某些红色经典作品时，曾深受感动。但需要指出的是，红色经典并不是东欧文学的全部。若认为红色经典就能代表东欧文学，那实在是种误解和误导，是对东欧文学的狭隘理解和片面认识。因此，用艺术目光重新打量、重新梳理东欧文学已成为一种必须。为了更加客观、全面地翻译和介绍东欧文学，突出东欧文学的艺术性，有必要颠覆一下这一概念。蓝色是流经东欧不少国家的多瑙河的颜色，也是大海和天空的颜色，有广阔和博大的意味。"蓝色东欧"正是旨在让读者看到另一种色彩的东欧文学，看到更加广阔和博大的东欧文学。

二〇一三年十月三十一日定稿于北京

主编简介：高兴，诗人、翻译家，一九六三年出生于江苏省吴江市。中国作家协会会员。现为中国社会科学院外国文学研究所研究员，《世界文学》主编。曾以作家、翻译家、外交官和访问学者身份游历过欧美数十个国家。出版过《米兰·昆德拉传》《东欧文学大花园》《布拉格，那蓝雨中的石子路》等专著和随笔集；主编过《二十世纪外国短篇小说编年·美国卷》（上、下册）、《伊凡·克里玛作品系列》（5卷）、《水怎样开始演奏》、《诗歌中的诗歌》、《小说中的小说》（2卷）等大型图书。主要译著有《梵高》《黛西·米勒》《雅克和他的主人》《可笑的爱》《安娜·布兰迪亚娜诗选》《我的初恋》《索雷斯库诗选》《梦幻宫殿》《托马斯·温茨洛瓦诗选》等。

一座桥的故事

—

(中译本前言)

施雪莹

一三七七年三月,被诅咒的乌亚那河上准备造一座石桥,消息不胫而走,怪事随之而来。吟游诗人四处传唱水中神明对石桥的愤怒。桥上也莫名出现可疑的缺口与划痕。口口相传的古老传说暗示人们为拱桥奉上祭品。面目阴沉的造桥人,突然消失的传说搜集者,被埋在桥墩里的人……这一切都使石桥蒙上神秘的面纱。事实究竟如何?围绕拱桥到底发生了什么?"我",吉恩修士,决心还原事情真相,将一切缓缓道来。

翻译之初,通读小说,最先吸引我的倒是主角的身份。"我"通晓多国语言,时不时会为他人充当翻译。每当主人公暗自腹诽来访者言语怪异,难以理解,或对语言本身表现出格外的兴趣,都让我不禁心有戚戚焉,为之会心一笑。没想到有朝一日竟能与十四世纪的人找到共同话题,也真真得益于虚构艺术的独特魅力。

《三孔桥》的故事发生在十四世纪的阿尔巴尼亚。想要充分理解这篇小说的内涵,背景知识恐怕不可或缺。阿尔巴尼亚位处欧洲东南部,巴尔干半岛西南。向西与意大利隔亚德里亚海相望,东邻希腊,再向东则是小亚细亚。其地理位置,诚如小说所言,乃"欧洲的门户",连通欧亚。但也正因如此,阿尔巴尼亚自古战乱频仍。十二世纪初,趁拜占庭帝国衰弱之际,阿尔巴尼亚人首次建立起独立公国:阿尔贝里公国。但公国的寿命十分短暂。来自拜占庭帝国、安茹王朝和塞尔维亚王国的攻势接二连三,再次将阿尔巴尼亚推入战火。到十四世纪,巴尔干地区封建公国林立。内有亲王贵族战乱不断,外有崛起的奥斯曼土耳其帝国与金融贸易日益发达的意大利诸城邦。可处于交界处的不仅是阿尔巴尼亚。十四世纪这个时间节点本身也昭示着全新时代的来临。文艺复兴的脚步声响起,以威尼斯为首的一批城邦,依仗亚德里亚海的地理优势迅速崛起,金融贸易不断发展,银行雏形出现,封建时代上方亮起资本主义黎明的第一抹微光。借用小说中建筑师的一句话来说:"一个新秩序……将引领世界前进好几个世纪。"

也许只有了解这些,才能真正理解"我"口中"时局动荡不安"的含义。十四世纪的阿尔巴尼亚,从地理位置上看,是欧亚的交汇处,从历史进程上看,是新世界与旧世界的衔接点。作者在小说中写道,一座桥总为"两岸所共享"。它是途径,是媒介,是两种状态间的过渡。《三孔桥》讲述的是一座桥的故事。不错。可这座沟通两岸的石桥偏偏又同时处于时间与空间的交界处,如此,便让桥的形象显得耐人寻味,透出某种隐喻的色彩来。

我们还可以通过小说布局看出桥的作用。所有情节都围绕三孔桥展开,这座石桥引来不同身份、不同阶层的人,为他们提供交流或冲突的舞台。而故事的主人公"我",得益于"僧侣"、"翻译"的双重身份,事实上充当了不同人物间的中间人和见证者。作者通过"我"的视角,以拱桥为中心,展开各种矛盾。

首先是"我"所在公国的统治者,斯特莱斯·戴·吉卡伯爵,与其他公国首领以及土耳其人之间的冲突。即数个小国与一个强大帝国之间的冲突——让人很难不从中读出些象征意味来。但作者并未将过多笔墨放在土耳其身上。相反,他格外突出了伯爵面对强敌所表现出的天真、贪婪、自私与懦弱。这些公国领主,为一己私利,雇佣土耳其军队,引狼入室;面对奥斯曼帝国的威胁,轻易举起白旗,全然不知此举已经"掘好了坟墓,为国家,也为自己";哪怕是战事迫在眉睫,哪怕围在老亲王的棺材边,也没能清醒过来,一致抗敌。

如果说阿尔巴尼亚亲王们与土耳其帝国的矛盾是传统的政治矛盾,那么"渡船与木筏"和路桥公司之间的冲突就代表了全新的商业战争。而作者又如何评论这场没有硝烟的战役呢?透过主人公的双眼,我们看到的是两个风格迥异的商业使团。"渡船与木筏"的人说着流利的拉丁语,做事井井有条;而路桥公司的代表则面色阴沉,言语杂乱无章,做事颠三倒四。但无论哪一方,都在"用做账的双手操纵阿尔巴尼亚的传说",他们不在乎崇高与美,唯一关心的只有利益,高于死亡的利益。他们带来的"新秩序……根底都浸在血里",和过去的野蛮制度并无二致。

最后,还有代表过去和现在的两代人观念上的冲突,老阿伊库娜和造桥的工事长是其中的典型代表。前者是虔诚的信徒,面对石桥不住咒骂;而后者则坚信这座石桥将带来全新的世界,为此不惜"在石桥上洒上鲜血"。

就这样,所有冲突都围绕石桥逐渐展开,作者将不同层次的矛盾穿插于拱桥的建设过程中,相互影响,彼此交织,构成一个丰富的网络。因此,虽然这部小说篇幅短小,主线也并不复杂,它探讨的主题却非常广博,涉及经济政治、社会时事,巴尔干地区的历史、语言、文化,阿尔巴尼亚民族的兴衰与认同,人的自由与归属感等方面。

我们站在今天回望，往往认为历史会在某个节点发生突变，新世界会如同雨后春笋冲破旧世界的腐土，一瞬间破土而生。但小说却向我们揭示了其中的矛盾所在。造一座石桥对于当地人而言，可谓百年难见的大事。但造桥远非一时之功，日复一日，人们看见的不过是一块又一块的石头堆垒而起。每个人都知道这儿在造一座桥，但生活却在日常的平静与反复中消磨掉了变化带来的紧张感，只在几个罕见的节点让人们意识到变化的存在。人人司空见惯，习以为常。直到桥造好的那一天，才仿佛恍然发现石桥似的，惊得目瞪口呆。一方面，所有人都知道变化的存在，困惑于未来究竟会怎样；另一方面，周而复始的生活又让人感觉不到变化的气息，让人麻木。正如小说中所写，有一天，顺流漂来个溺死的人——但在人们的记忆里，这件事似乎发生在去年，时间只是停在原地，不停打转。

关于变化带来的无所适从感，作者也安排了人物与之对应。他甚至在故事正式开始之前便早早出场：傻子吉洛什。这个角色从第一次出现便和"普通人"并举，这种对比一直持续到小说结束。人们认为傻子的行为是荒谬的，他与造桥者为伍时，他们恣意嘲笑，却意识不到自己不敢过桥的举动同样可笑。故事最后，"我"竟也模仿吉洛什，呼唤墙葬者的名字，而"我"并未因此感到不适。种种描述似乎都在暗示，身处混乱与动荡之中，正常和疯癫多少已失去了区别，夹在两种状态之间，陷在冲突的漩涡里，怎样的选择都显得异常而荒谬。其实在《三孔桥》里，角色的个性常常会让位于他所代表的一类人的共性特征。傻子吉洛什，便像是人们困惑、迷茫、不知所措的具象化，疯疯癫癫，胡言乱语，却似乎又总在不经意间，戳破了真相。

虽然作者在小说开篇就借主人公之口说他试图"记下一段历史"，却不能因此把《三孔桥》当作浅白的纪事去读。上文已经谈到，作者不仅要讲述一座桥的历史，还要分析由它牵引出的种种矛盾、折射出的种种心态。虽然小说通篇波澜不惊,言语朴素简练,却处处透露出含蓄的机敏与讽喻,值得慢慢咀嚼回味。当作者谈起"一场闻所未闻的……明码标价、有印章和利率的死亡",或是那个"执拗地呆在生死之间"的墙葬人,我们很难不从这种表述中读出隐喻、象征或讽刺的内涵。也许这也是小说极具可读性的原因之一。

卡达莱作品的可读性还与他的叙事艺术息息相关。《三孔桥》中不乏悬念,但卡达莱毕竟不是悬疑作家。表面上看,这些悬念略显浅显,总被作者自己迅速戳穿。可细细阅读便会发现,之所以存在悬念,与其说是刻意而为之,不如说是情节使然。作者无心与读者玩智力游戏,却利用独白、对话、叙述、描写、回忆相穿插的写作手法,在营造悬念与戳破真相的张弛中把握住全书的节奏,将读者牢牢吸引。这一点,无疑体现出卡达莱成熟、非凡的小说艺术。

不过这种效果,或许还得益于《三孔桥》的另一个引人之处:神话传说与现实的结合。对卡达莱有所了解的读者可能会明白,这种写作手法几乎已经成了他的标志:《错宴》里,"死者赴宴"的传说始终与小说主线相交织;《谁带回了杜伦迪娜》正是以康斯坦丁从坟墓里出来带回远嫁他乡的妹妹为线索,这个传说在本书中也有提及;而本书中,三个泥瓦匠共造一城,为城堡献上祭品的传说,这个"墙葬"的传说,则反复出现,一次次改头换面,推动着情节的发展。卡达莱作品中,巴尔干地区的古老传说占有很大的比重。诚然,融合虚幻与现实的手法不是卡达莱的专利,卡夫卡、马尔克斯都是此中高手。但要说《三孔桥》的特殊之处,恐怕在于本文中,卡达莱并不想用传说淡化现实,用神话模糊当下。卡达莱没打算用神话的气球把故事悬于空中,让它从现实的土壤中抽象出来;相反,在他眼中,传说更像是古老的种子,需要在现实的土壤里发芽。因为对作者而言,巴尔干的神话传说不仅是叙述的手段,更是小说叙述的对象本身。它们与情节同样重要,是小说的一部分,更是阿尔巴尼亚历史的一部分。《三孔桥》里提起墙葬的传说,特意结合阿尔巴尼亚语中"拜萨"（bessa）一词进行阐述。"拜萨"是阿尔巴尼亚文化中一个重要的概念，意味着承诺与诚守誓言，是这个民族重视的品质。（这个概念在《错宴》等其他小说中也有出现）如此，神话便不再是单纯的虚构，而与一个民族的性格与价值理念联系在一起。第一遍阅读，我为小说营造的离奇氛围所吸引，惊叹于阿尔巴尼亚这个国度之神秘；但第二遍读《三孔桥》，神秘感却慢慢退去，让位于真实。我开始了解"山鹰之国"的居民，他们生活中的惶惑与坚持，他们对信誉的重视，以及他们对脚下土地的热爱。

为什么卡达莱要这么做？兜了一圈，我们可能又回到了最开始的问题上来：如果小说中的石桥真有所喻，那它代表了什么？这部小说所要表达的究竟是什么？当然，这是个开放的问题，每个人都可以有自己的回答。对我而言，答案或许就是作品的最后一句话："我做这一切，只为我对这土地的爱。"作者借主人公吉恩修士之口给了我们一个答案。套用艾青的诗句，卡达莱写下这一切，只因他对阿尔巴尼亚爱得深沉。石桥喻指的或许就是阿尔巴尼亚，位处东西方之间，正在经历历史的变迁。而在故事最后，作者又说，"我"与被埋在墙里的人挺像的。同石桥一样，阿尔巴尼亚也需要一个祭品，好让自己的历史不致被抹去，好让自己的真相不致被扭曲。吉恩修士自愿献上自己。为的不是天价的抚恤金，而是如传说的真义中所言，印证了一切伟大的成就都需要付出与牺牲：为了阿尔贝里的伟大他牺牲了自己。

这个答案或许简单直白，却未必粗浅。卡达莱围绕石桥铺陈种种对立，还原矛盾冲突中的迷茫；又费尽苦心将古老的传说移植到现代的土壤，他的理由和目的，或许正是描写一个真实的阿尔巴尼亚，写那儿的人民，写那儿的历史，把他们从神话的外衣中剥除，还原他们本来面目，让他们不被别人忘记，也不被自己忘记。

一九三六年出生于阿尔巴尼亚南部山城的卡达莱，在世界文坛上，以高超的小说技巧与优美的作品跻身一流作家行列，甚至几度成为诺贝尔文学奖提名者,二〇〇五年获布克国际文学奖。作为诗人、小说家,卡达莱无疑享有极高的声誉。但他的一生经历复杂,年少时求学地拉那,曾经与恩维尔·霍查的名字联系在一起,后申请政治避难,定居巴黎。作为个人,卡达莱的形象必然会和他的身世一样复杂。面对这样一位多面作家,上文的阐释注定不过是理解小说的角度之一。允许解读的多样性,或许也是现当代小说的魅力之一。

既然本文以译者的共鸣开场,不妨也以译者的话题结束。作为本书译者,有幸拿到《三孔桥》较为权威的法译版,虽无缘一睹原文阿尔巴尼亚语之风采,亦能从现有的文本中体会到作者的风格和特色。我深感幸运。所以在翻译过程中,我也力求将自己体会到的原作的特色与精彩之处,重新表现出来。《三孔桥》是关于桥的故事,其实译者又何尝不是一座桥?他连通两种不同的语言文化,为作者与读者的交流尽自己一份力。若我的译文能让读者在阅读之后对卡达莱产生兴趣,亲自尝试解读他作品背后的深意,对我而言,便是最荣幸的事了。

二〇一四年九月
于南京大学仙林校区

一

我，吉恩修士，吉奥吉·乌克沙玛之子，知道在我们的语言里找不到关于被诅咒的乌亚那河桥的任何记载。可与之相关各种毫无根据的传说与流言却仍在流传。如今桥已建成，而且桥上桥下两度流血，我决定在此写下这座桥的历史。

上周日夜深时分，我出门到乌亚那河边散步，碰巧看见傻子吉洛什在桥上走。他哈哈傻笑着，怪模怪样，手舞足蹈，像个疯子。他手脚的影子在桥面上晃动，又顺着桥墩挂下，落在水面。我绞尽脑汁，猜想眼下发生的事情该怎样进入他的脑袋。见他念念叨叨在桥上走来走去，有劲地挥动紧握身前的双手，仿佛握着缰绳。人们常常嘲笑他。我心想：错啦！实际上，这些人自认为的对桥的了解，并不比一个精神错乱者所想的清楚多少。

为了阻止那些荒唐不经的故事以巴尔干半岛的十一种语言口口相传，我将尽力写下关于这座桥的全部真相,换句话说,就是所有表象中的假和被掩盖的真。我会讲述与拱桥相关的日常琐事,这些事如同砌桥的石头一样普通;也会诉说它遭遇的灾难,这座桥几历大劫,次数就跟桥孔一样多。

如今,相传发生在桥下的那场献祭早已随着商队的足迹在巴尔干广袤的大地上传播开去。很少有人知道真正发生的并不是一场祭祀水神的仪式,而是一桩再普通不过的谋杀。我要当着一位千岁老者的面,揭露这桩罪行,讲述其他事实。我说的千岁老者,是个流传千年的传说。始于死亡而归于死亡。众所周知,与其他事物相比,成形于千面死亡之中的词句与声音恰恰是最不惧怕死亡的。

我想尽快写下这座桥的历史,因为我们的时代已动荡不安,未来从未如此灰暗。关于桥的可怕风波过后,人们平静下来,生活也日渐宁静。但我们眼前又出现另一个可怖的身影:土耳其帝国。清真寺尖塔的阴影正缓缓延伸到我们眼前。

眼下的和平暗藏凶险,甚至比任何战争都更加不祥。自古以来,我们与希腊人的古老土地毗邻。可倏然,在不经意间,不知不觉,仿佛身处一场噩梦,我们一朝醒来竟与奥斯曼帝国为邻。

四处林立的清真寺尖塔宛如一片阴森的森林。我有预感，阿尔贝里①的命运即将改变。尤其是因为今年冬天发生的一切，刚刚建成的桥上再次洒上鲜血，这次是来自亚洲的鲜血。不过，我还是会按照时间顺序一一讲述这一切。

二

一三七七年三月初，被诅咒的乌亚那河右岸，有个路人突然癫痫发作。本地没人知道他是谁。离他倒下的地方不到五十步，有些桩子半埋在地，上面有铁钩，是夜里泊船用的。据现场目击的船夫说，这个衣衫褴褛的家伙看着既像圣人又像疯子。他沿着砂石河岸游荡了一会儿，徘徊于埠头与人们夏天涉水过河的地方之间。他冷不丁惨叫一声，像被人割破了喉咙，然后就仰面倒进了泥潭里。

河岸这一处是人和牲口上下船的地方，可倒也不失安宁，从没上演过什么奇闻轶事。不过话说回来，但凡

---

① 阿尔巴尼亚古称。——法译本注

有人来往的地方就会有故事发生。尤其在这儿，不见尽头的老公路被河水骤然隔断，情况更该如此。可不管怎么说，渡口之前确实鲜有惊天动地的大事。为了过河，聚集在此的人们通常要等很长时间。天气不好时，他们湿漉漉地裹在黑色油布雨衣或山羊皮大衣里，默默凝视河中骇人、浑浊的棕色水流。人们身旁，马铃只微微作响，孩子也压低声音；焦躁的心情却正好相反，自渡船和蹲在船上的摆渡人一出现就愈发强烈。

渡口四周几乎一片荒凉景象：撒满灯芯草的河岸，交替变换着，时而多沙，时而泥泞，伸向远方，一望无际。四野望去没有一座小屋，就连我们修道院的墙也看不见；而老旅馆则在几千步之外，坐落于公路边。

夜里用来泊船的桩子旁边还竖着一块铁制的告示牌，上面歪歪扭扭写着"渡船与木筏"几个字。多年前起有人四处设立类似的牌子，不仅在我们领主斯特莱斯·戴·吉卡伯爵，或者说斯特莱斯·吉孔地的领地内如此，更远地方，越过阿尔贝里边境，在巴尔干半岛其他各处也一样。这种做法始于十年前，一三六七年冬天，一个陌生人买下了所有河流、海湾与湖泊里的渡船。天晓得他来自哪里。没人知道他姓甚名谁，甚至有人说"渡船与木筏"就是他唯一的名字。而现在这个名字正像植物般四处蔓延，在所有潮湿的环境中不断生长。据说写着相同词语、一模一样的牌子，他办公的大商行里也有一块。他甚至会在收据和文件上签署"渡船与木筏"的字样，好像把这当成印章，就类似我们大人用的那种，只不过后者刻的是只狮子，口中叼着熊熊燃烧的火炬。

自打这位新来的老爷买下了所有渡船和木筏，摆渡人与船夫便纷纷成了他的雇员，只有寥寥几人例外，比如苏石河上的船夫就拒不服从，他宁愿饿死也不想从这该死的犹太佬手上领工钱。一三六七年冬末，我们这儿的河岸上也立起了这种告示牌，上面还写着："渡河费：人：半格洛什①；马：一格洛什。"

旱季，当乌亚那河水位下降，水流变小，出行的人为了省钱多会涉水过河，即使肩扛手提也是如此。但被诅咒的乌亚那河并非浪得虚名，不止一个人上了河水的当，溺水身亡。现在，两岸依旧能看见用来悼念死者的老旧变形的十字架。可以说，"渡船与木筏"的主子们对在河岸上设立十字架格外关注，因为这些十字架时刻警醒着其他赶路人，不要他们帮助贸然渡河将要付出怎样的代价。

除了船只，"渡船与木筏"还盘下了老埠头，那是

---

① 格洛什是流通于奥斯曼土耳其帝国一带的古货币之一。

罗马时期的遗迹，他们雇铁匠在那儿装上钩子，好方便艄公停泊渡船，特别是在冬天。

摆渡生意带来的利润丰厚。确实，不仅独自赶路的人常常带着牲口由此过河，从巴尔干沿岸各大盐场运盐的商队也需要乘坐渡船，特别是发罗拉①附近，给设在奥里库姆②的拜占庭海军基地供盐的大篷车。领主大人与"渡船与木筏"早就这笔生意的利益分配问题签订了具体合同。从未有风声透露他们有过半点纠纷，这实在是天底下少有的事。"渡船与木筏"在生意上显然是一把好手。

三

一小簇人，面孔或陌生或熟悉，围聚在癫痫病人四周。他不住抽动，口吐白沫，好像恨不得把四肢甩开，远远的，扔进被诅咒的乌亚那河里，再把头抛到另一边。有人几次三番试着稳住他的头，以防他的脑袋再撞

---

① 位于今阿尔巴尼亚西南部。
② 位于今阿尔巴尼亚西南部，发罗拉湾南端。

到石头，但想要固定这颗半秃的脑袋几乎不可能，因为它在挣扎中爆发出骇人的力量。

"这一定是上天显灵。"人群中有人说。那是个清瘦的男人，后来人们问起他的职业，男人自称是个云游四方的通灵师。

"那你认为这件事里能看出什么征兆来？"

男人毫无生气的双眼在抽搐不止的可怜人与水面间来回眺望了片刻。

"没错，"他自言自语道，"这就是天兆。他的抽动传给了水波，而河水又将颤动传递给他。上帝啊！他们精神相合了。"

围在四周的众人面面相觑。倒在地上的病人似乎平静了些，终于有人牢牢扶住了他的头。

"那依你这又意味着什么呢？"另一个人问。

自称通灵师的人双眼半闭了一会儿。

"这是万能上帝的启示，祂向我们宣布，应该在这里，在水面上建一座桥！"

"一座桥？"

"你们没看见么，这个人的手始终伸向河的方向，还有他身体的颤抖，简直和大马车驶过桥面时的颤动一模一样！"

"嘶……天真冷呀！"有人说。

病人现在平静下来了。他的四肢仿佛散落在地，只时不时轻微颤动几下，频率也越来越低。呆在四周的路人里，有一个俯身擦去他嘴边的唾液。他的目光忧伤暗淡。

"这可是天降圣疾，"通灵师说，"其中必有天启。它本可能是个不祥的预兆，宣告了，比方说，地震将至。不过这次，谢天谢地，是个好兆头！"

"一座桥……真稀奇，"人群开始交头接耳，"应该把这事上报领主大人。""这地方的领主是谁？""斯特莱斯·戴·吉卡伯爵，愿他长寿！既然你不认识他，八成是外地人吧？""是的，我打别处来的，老兄，我本来在等船，谁知这个不幸的人突然……""应该把这事原原本本告诉我们大人。一座桥，嗯。""我走了，伙计们！""一路顺风，一路顺风！"

四

三周后，伯爵紧急传召了我。伯爵的城堡两侧带有塔楼，走着去，不过两小时路程。我一到大门口，就有人让我进去，接着我被领到了军械室，我们领主大人通常在这儿会见经过他领地的亲王和爵爷。

在场的有伯爵自己，他的一位书记官，主教，还有两个访客，我都不认识，衣服穿得紧巴巴的，兴许是某处的时尚。

伯爵神情紧张，眼睛因失眠而泛红。我记起最近他女儿病倒了，这两个陌生人一定是不知哪儿来的医生。

"我完全听不懂他们说什么，"我一进门，伯爵便对我说，"正好你会好几种语言，应该能帮得上忙。"

这两个外来人说的简直不知是哪里的鬼话。我从来没听过这样一锅声音大杂烩。渐渐地，我才从这团乱麻里理出了一些头绪。我注意到数字是用拉丁语说的，动词则一般是希腊语或斯拉夫语，名词是阿尔巴尼亚语，有时也用德语。至于形容词，这两个访客用都不用。

我开始痛苦地猜测他们想说什么。这两人是被他们主子专程派来见我们领主的。他们听说了上帝降下神兆，授意在被诅咒的乌亚那河上造桥的事，他们愿意，换言之他们老爷愿意接下这个任务，只要伯爵允许。简单来说，他们保证两年内在被诅咒的乌亚那河上建起一座桥，买下桥下的土地，并每年向领主大人上缴一笔税款，收取名义是过桥税。如果伯爵同意，以上条款将被写在一份正规合法的契约上，双方签名，并盖上各自的印章。

他们停下话头,等其中一个人从他那件怪衣服的口袋里掏出印章来给我们看。

"万能之主的要求自当遵从。"二人几乎异口同声地说。

伯爵支着疲倦的双眼来回打量主教与书记官。但在这神秘事件面前,他们的目光同样沉寂。

"你们老爷是谁?"领主大人问。

又一通恼人、杂烩般的回答里,他俩拼出一盘全新的词语什锦,而这次,这团乱麻之纵横交错让我费了好一番工夫才解开。二人解释道,他们的老爷既非男爵,亦非公爵或亲王,他是个富翁,新近买下了几个罗马时期以来就废弃的沥青矿场,还有绝大部分同样古老的公路,打算重新铺设路面。他没有头衔,他们说,但是他有钱。

说话间,两人会时不时停下,最后他们在一张纸片上写下了为河边土地开的价,以及打算缴纳的桥梁使用年税额。

"但,最重要的是,应当重视万能之主的旨意。"其中一个说。

纸上所写的金额大得惊人,而我们大人的财政状况,这段时间以来明显岌岌可危。况且,两个月来他女儿一直饱受病痛折磨，医生们却完全查不出病因。

领主和主教几番对视。前者大概先后想到了他空空的钱袋和久病的女儿，两个陌生人提议造的这座桥就仿佛一剂良药，能同时治疗两种病痛。他不但有钱可赚，而且，既然万能的上帝通过河岸边路人的遭遇向他下达了旨意，遵照执行更能带来好运。

领主大人不作多想了。他说自己赞同这一提议，并命书记官起草一份拉丁文和阿尔巴尼亚文的契约。随后他邀所有人共进午餐。这是我有生以来最痛苦的一顿饭，无时无刻不要猜测这两个人乱七八糟的话到底什么含义，这让我备受折磨。

五

下午，我不幸奉命送两位访客到被诅咒的乌亚那河岸。他们登上渡船准备出发时，夜色初降。我站在河岸上好一会儿，目光紧随二人。他们正激烈争论着，用手比划，一会儿指向水面这里，一会儿又指指那边。天冷下来。暮色迅速笼罩四野，远处，渡船上的身影画出黑色的线条，令人费解而神秘，让人想起他们口中颠三倒四的话来。那一瞬，目送他们远去，疑虑仿佛一只漆黑的甲虫，突然钻入我的脑海：也许河岸上的癫痫病人，他身旁云游四方的通灵师以及这两个衣服紧巴巴的雇员侍奉的根本就是同一个主人……

六

  不出所料，被诅咒的乌亚那河上要建桥，这消息立刻不胫而走。当然了，桥嘛，几乎到处都有，但在大家记忆里还没有哪座引起过这等轩然大波。以往，桥的建造总是无人问津，或基本如此，沉浸在一片沉闷的锤木声中，令人联想起不远处单调的蛙鸣。接着，桥造好了，一直默默为人所用，直到有朝一日它们被浑浊的河水冲垮，被闪电击毁，抑或更糟，就这么衰败下去，破旧到只要行人在朽木上踏出第一步，就会犹豫，不敢再迈第二步，然后掉头去找附近有没有渡船或浅滩可以过河。不过这只是木桥的遭遇，现在要建的可是座货真价实的石桥，有数个桥拱和石砌的坚实路面，这样的桥，或许在阿尔贝里境内还是头一座。

　　得知这个消息,人们喜忧参半。他们高兴,是因为这样一来,以后过河就再也不用和举止粗俗的船工打交道,要他们的时候,他们永远都在河对岸,有时根本连人影都找不到,更糟的是就算找到了,也已经醉得不成样子——当然我们得承认,这也有例外,最后一任船夫,那个驼背,就从来不调戏女人或喝得烂醉,可他看起来实在太阴森,简直要把你带到地狱去。再说,渡船本身又脏又潮,摇摇晃晃让人想吐,而一座桥,永远都在那儿,每时每刻日日夜夜,时刻准备着将石背铺在你脚下,既不乱晃,也不惹麻烦。从此河水将不足为惧,这条河时而暴涨,肆虐四方;时而又水量骤降,细若游丝,仿佛奄奄一息。有了这道石桥,让大家吃尽苦头的被诅咒的乌亚那河终于将被驯服,一想到这儿,人人喜不自禁……但在满意的同时,这个念头也让他们害怕。给敏感易惊的骡子上鞍尚且不易,而要在被诅咒的乌亚那河上放鞍更是难上加难。"啊,"人们说,"瞧着吧,看看事情会变成怎么样!"

　　与往常一样,每当这种大事发生,人与人之间的走动就更加频繁,人们不但往返于分散的住户间,还走得更远,一直到杨柳林去。吉因家公爵和领主大人断交前不久,在那片林子里遭了埋伏,自此就很少有人会去那儿冒险。还有些人走过野石榴林，走过古老的大公路，直到两个罗贝尔旅舍去。

不过对另一群人来说，造桥远不是值得开心的事，反而让人非常痛苦。老阿伊库娜就是其中之一，对此，她已经做出了最悲观的预言。"这座桥，"她说，"是恶魔的脊背，谁敢从上面走，就一定会被诅咒！"

七

三月末，一个阴冷的雨天，我又被紧急召去伯爵府上。我吓坏了，深怕这事或许又和那两个怪人有关，对我而言，他们东拼西凑的怪话简直比绿嘴鹦鹉说的鸟语还难翻译。可这次来的不是他们。新访客是"渡船与木筏"的人。他们一行三个，其中一人苍白高瘦，下巴蓄着锥子般的胡须，很少开口。从另外两人对他尊敬的态度看，我猜他八成是"渡船与木筏"的主要领导之一，甚至可能是他们大老爷的副手。他们都说一口漂亮的拉丁语，带着装满各类文件的黑色皮包。

伯爵先把我们请进了议事厅，房内一套庄重的栎木书柜占据了整整一个墙面；我努力看清那些书名，好找机会请伯爵借我一本。

"我们不明白伯爵先生到底对我们哪里不满意。"锥子胡男人说，眼睛抬也不抬望着公文包。"据我所知，我们认真履行了契约的所有条款。"

自从爱女患病以来，伯爵一直脸色苍白。现在，他泛白的脸颊上浮现出两三点红色。

因为之前一直在伯爵和"渡船与木筏"的谈判中担任翻译，我很清楚，其实提出抗议的从来只有"渡船与木筏"一方，而我们大人，正相反，从没抱怨过什么。这些抗议无休无止，内容总是围绕着伯爵不断推迟还债日期的问题，伯爵的债务自他与台佩莱纳公爵打了那场恶战起就欠下了。"渡船与木筏"银行曾被迫两度下调贷款利率，先是从百分之十四降至百分之九，随后又降到百分之六，最终只得同意无息延长还款时间。"渡船与木筏"可不想公然与领主大人闹翻。事实上，那么做对它毫无益处，因为伯爵满可以用纠纷为借口，分文不付。这确实是某些亲王会用的手段，况且没人有权力强迫伯爵遵守他与银行签订的契约，哪怕是都拉斯地区最大的银行之一，比如"渡船与木筏"。

领主大人从锥子胡男人的话里察觉出了讽刺。

"埋怨？谁埋怨你们了？"他高声问。

他提问的语调仿佛在说：你们以为自己是谁，会值得我屈尊纡贵指责，没完没了地抱怨？

"渡船与木筏"的人只是冷冷地望着他。

"我指的并不是直接的抗议，伯爵先生。"

"那您说的是什么？"大人说。

对方瞥了他一眼。那人的黑胡子刀鞘般裹住下巴，使他的脑袋保持平衡。

"大人，"他终于开口道，"我说的是一座桥。"

"啊！"我们老爷如此回应。

显然，这声感叹未假思索脱口而出，我俩鬼使神差地对视了一眼。

"对，正是一座桥。"锥子胡男人重复道，仿佛在怀疑我们是否真的明白了。他咄咄逼人的目光直钉在伯爵身上。

"原来你们说的是这回事，"我们大人道，"可这和你们有什么关系？"

"渡船与木筏"的代表深吸一口气。也许他需要尽可能多的空气才能说出接下来一番话。他开口了，缓缓地，一句接着一句，他的思绪在抽丝剥茧中逐渐明晰，最终得以直白呈现在我们眼前。"渡船与木筏"反对新桥的建设，因为这将严重危害公司的利益。不单单是由于乌亚那河上的渡船从此会被弃置不用。不，还有更重要的原因。这座桥将颠覆整个水路运输系统,自古以来这一系统就以渡船、木筏与驳船为主要工具,而且现在完全掌握在"渡船与木筏"手中。

我们大人听着,一脸不屑。"渡船与木筏"的使节说话句句斟酌。他纯正的拉丁语我翻来得心应手,甚至还有足够的时间琢磨琢磨我听到的内容。他说这座石桥将是强加于水之自由精神(这是他的原话)的第一场灾难。从此以后,他相信,这类灾祸只会越来越多。这些加诸水面的可憎锁链仿佛是对河水的惩罚,最终只会招来一场巨大的灾难。

领主大人的眼神愈发深沉。他瞧了我一眼。显然,"渡船与木筏"的人也注意到了:余下的谈话中,他们就着重在这方面做文章,开始对石桥恶语相向。

显而易见,水中巨怪"渡船与木筏",在助长对修路造桥的陆上猛兽强烈的敌意。

"请您务必阻止他们侵犯我们的领地,另外,我们愿意和您就以往的债务问题作全新安排。"锥子胡说道。

我们老爷盯着自己的手。

"阻止他们",锥子胡男人是这样说的,但他说话的语气出离愤怒,让人觉得他讲的其实是:"杀了他们,割他们的喉咙,把他们碎尸万段,就是要让这群家伙再过四十辈子也不敢来这片土地上造桥。"

几年前,有个刚出了趟远门的荷兰僧人,向我讲述了一场鳄虎之间的殊死搏斗,是他躲在树上亲眼看见的。

"我们甚至可以计划一下长期推迟您的债务期限。"锥子胡又说。

我们老爷低着头,盯着手指上熠熠闪光的指环。

"或者无限延期。"对方补充道。

荷兰人对我说,有很长一段时间,那两只猛兽一次次扑向对方,却谁也没能咬住或击中另一个。

"而且,伯爵老爷,想造桥的人平时是做什么的,您知道吗?"锥子胡问。

"我不在乎。"我们大人耸耸肩说。

"可我还是要告诉您,"那人坚持道,"他干的是不祥的买卖。"

曾有三度,老虎猛扑上鳄鱼的脊背,可接连三次它的利爪都从鳄鱼坚硬的鳞甲上滑过。但另一只也没能得逞,没能咬住它的对手,没能用尾巴击中对方。这场鏖战似乎将永远僵持下去。

"这倒是,"我们大人回道,"他提取的沥青可是黑色的。"

"黑如死亡。"锥子胡说得更夸张。

又一次,来客似乎察觉到我们大人眼中的灰影,因为他们反复提起各种不祥的征兆。一时间三个人全说起话来，你打断我，我打断你，拼命想说明，哪怕只看一眼用来装那可怕东西的桶，都会明白，只有巫师才会满心欢喜地做这种勾当。而无论是谁，允许运桶的篷车驶过自己的土地，任由公路溅上沥青，或者说，任由它们染上黑色的恶魔之血，无论是谁，都会大难临头。沥青淌到哪里，哪里就灾祸丛生，何况现在它还是种军事资源，而这个巫师只顾兜售，不问买主。他把沥青卖给土耳其人和拜占庭人，也卖给阿尔贝里的伯爵和公爵，引诱两个阵营相互决裂。

"您让他们拉着沥青从领土上过，可瞧瞧这东西带来了什么。死亡。丧葬。"

但是，猛烈的扭动中，鳄鱼将它柔软的腹部暴露在外，老虎察觉到了。它一声咆哮，骇人可怖，再次扑向鳄鱼，瞅准对方露出腹部的瞬间，闪电般跃起，将锐爪深深刺入其中，它的脑袋也几乎同时埋进鳄鱼腹中。老虎杀红了眼，以迅雷不及掩耳之势，撕裂鳄鱼的五脏六腑，直捣心脏，把它扯得粉碎。

那三人你一言我一语继续说着，可我了解领主大人，我猜他不会继续听下去了。说服伯爵的过程中，这三人过于激动了，或许正是这点让他们最终失守阵地。我们大人一度显得很犹豫，但我知道他从不轻易改变主意。陆上集团许给他的钱数比从水上集团这儿获得的总收入还丰厚。况且,自从他决定造桥后,他女儿的身体状况似乎就好转了。

"不,"最终他说,"我们到此为止吧。桥造定了。"

那几人目瞪口呆。几次三番,他们动动手,似乎要说些什么,但最终只是默默合上了打开的包。

水中猛兽被击败了。

八

一周后,路桥公司的主人买下了我们大人领地内的那段公路。他另派了两个代表来签署契约,三个月来,这两位使节马不停蹄跑遍各个公国、伯爵及帕夏的领地,从他们手中买下巴尔干西部荒废了将近千年的主动脉。在这条没有尽头的公路上,他们的衣服、头发都染上了尘埃。迄今为止,二人一个路段接着一个,已经拿下了大半条路,但要把整条公路弄到手,他们可能需要花上整个夏天的时间来跑遍所有国家。他们用十四种不同的货币付款,威尼斯杜卡托、第纳尔、德拉克马、里弗尔、格洛什①等等；用十一种语言做账，这还没算上各种方言。这样做是因为整条公路贯穿四十余个大大小小的公国，而迄今为止他们不过拜访了二十六个。他俩看上去不像在买路，倒像在将这条老路，这条因寒来暑往、长期荒废而龟裂破损的古老道路缠绕于巨轴之上。

公路的悠久历史逐渐消散在时间的长夜里。过去的三个世纪中，几乎所有十字军都曾经从这里走过。据说，第一次东征的两位领袖，诺曼底公爵罗贝尔与弗兰德伯爵罗贝尔，有一晚就在离公路千步之遥的旅舍留宿，从此这家旅店便得名"两个罗贝尔旅舍"。

路过这里的，还有第二次东征的数万名骑士，接着，是在红胡子②，或当地农民口中的巴尔布鲁什③率领下的第三次东征十字军；还有不计其数的儿童十字军

---

① 威尼斯杜卡托、第纳尔、德拉克马、里弗尔与格洛什皆为当时各地货币的名称。其中威尼斯杜卡托金币自中世纪晚期起为欧洲地区的通行货币；第纳尔源自罗马货币，在欧洲和伊斯兰国家均有使用；德拉克马是古希腊流通货币；里弗尔是法国古代货币单位之一。

② 即腓特烈一世，绰号红胡子，又译作巴巴罗萨。他与英国国王狮心王理查和法国国王腓力二世·奥古斯都共同领导了第三次十字军东征，但在途中意外坠马，淹死河中。

③ 巴尔布鲁什，发音与"红胡子"相近。

团①成员，第五次、第七次与第八次东征的十字军，圣殿骑士团，医院骑士团和条顿骑士团②。这儿最年长的老人还记得最后这批人曾从这里经过。当然不是他们远征耶路撒冷的时候，而是距今四十年前他们由此返回欧洲的样子。

老阿伊库娜说，他们从没见过比那更阴沉的队伍。军队缓缓前进，骑在高马上的士兵默不作声，只听得见铁甲的撞击声，大雨中，混着铁锈、发棕的雨水顺着盔甲淌下来。他们就在这片凄厉的吱嘎呻吟中北上，让整条道路都浸泡在浑水中，仿佛褪色的血水。老阿伊库娜讲，人们第一次见到前往耶路撒冷的骑士时，曾纷纷大呼："日耳曼人来啦！日耳曼人来啦！"自那之后已过去了一百五十多年，可代代相传的语言给出了如此忠实的描述，以至大伙很快就察觉出新来的这批人似曾相识。人人都说，日耳曼人，这些说起话来像"*日尔姆*"③的家伙，又回来了。事实上，上年纪的老人们坚

---

① 相传为1212年，第四次十字军东征之后，主要由少年儿童组成的民间骑士团，其真实性尚未有定论。

② 圣殿骑士团，医院骑士团和条顿骑士团均为十字军东征时期，罗马教皇组织的僧侣骑士团。其中条顿骑士团的早期成员均来自德意志民族。

③ 原文为Jerm，在阿尔巴尼亚语中，意为噩梦、疯狂。其音近"日尔姆"，与Germain（日耳曼）相似。

称日耳曼人这个称呼最早正是从这里叫起来的，日耳曼人，换言之就是说话仿佛"日尔姆"，或者说仿佛噩梦的人。不过，显然这些人自己也挺喜欢这个称呼。这就是为什么他们甚至把自己的国家命名为日耳曼尼亚①，在阿尔巴尼亚语里，它意味着人人疯言疯语的国度，更直白点，就是癫狂的国家。

交易过程中，我断断续续想起这些事。路桥使节按每英寻的定价用威尼斯杜卡托付了款，欢天喜地，终于离开了，就好像这条公路是当礼物白送给他们的。就这样，头发衣服风尘仆仆，他们又上路了。

荷兰僧人对我说，老虎吞下鳄鱼的心，撂下死尸与它再无用武之地的鳞甲，这头陆上猛兽满面鲜血，仿佛沉醉于狂喜，消失在草原之中。

九

不久之后，一个阴沉的早晨，两个看上去满脸木讷

---

① 原文为 Jermanie，发音同 Germanie，即日耳曼尼亚。

的外地人骑着驮满货物的骡子来到乌亚那河岸,他们下了地,向几个在附近玩耍的小孩确认了一下这里就是被诅咒的乌亚那河,然后便从牲口上卸下所有货物,立即开始在地上打洞,以便安起大木桩。临近正午,隐约能看出他们建的是座小屋。施工持续了一整天,夜晚的到来让他们大吃一惊,那时二人正干得如火如荼。第二天清晨,现场已空无一人。只剩下他俩造好的那座歪歪斜斜的小木板屋,房门紧锁。

小木屋唤起了大伙的好奇心。不仅孩子和老人,形形色色的人,都在四周打转,把脸凑近木板间的缝隙往里看,然后又失望地离开,耸耸肩膀仿佛在说:里面什么都没有。有些人瞧瞧门锁,碰碰它,引来周围人的警告,随后又摇着头离开了。

四天过去了。新奇感渐渐淡去,可第五天它又一下子死灰复燃。这天早上,人们得知,不如说人们猜想,又不如说人们感觉到,木屋不再空着了。屋里既没飘出烟气,也没发出声响,但大家就是感觉有人在里面。这人想必是趁着夜色来的。

没人见到过他,当天没有,第二天也没有。天下着蒙蒙细雨。整个房屋都被锁在侵入骨髓的雾中,那些靠近木屋、从缝隙朝里望的人说,陌生人裹着一条毛毯,蹲在地上。

到第三天他才出门,雨一停就出来了。这个男人棕红头发蓬松带卷,一张雀斑脸,目光灰暗。他在沙岸上走了很久,乘船到了河对岸,又把那里绕了个遍,接着就回到他的木屋里,整天关在屋内。

随后几天,人们看见他走进河里,直至河水没过膝盖,把长长短短的桩子插到河底,用铁板探入水中,聚精会神地观察它们,然后几次掬起一捧泥沙,让它从指间流下,所有人都明白过来,他一定是个造桥的建筑师。

脸色阴郁,不和任何人交谈,这人连续半月都呆在他歪歪扭扭的小木屋里。

人们从四面八方赶来观望。有些干脆一直守在沙岸的黑石滩或老埠头上,看着他来来往往,下水,上岸,猛地蹲下,几乎是带着怨气,提笔涂写数字和草图。

他对身边这些花上几个小时来观察他的人漠不关心。一次也没转过头来看看。即使面对老阿伊库娜,唯一一个敢靠近他、威胁他的人,也只表现出无懈可击的冷漠。她走到他跟前,用拐杖再三敲打地面,好引起他注意,建筑师从自己杂乱的手稿中抬起头,老阿伊库娜冲他喊道:"你在干什么?难道你不畏惧上天么?"她说着用手杖指指天空。或许听懂了这些话,或者对此毫不在意,我们不得而知,建筑师只是一如既往埋头去研究数据，再也不抬起头来。

　　一旦意识到这人几乎不管身边发生的一切，大伙便在他眼皮底下谈论评判起他和他的工作来。"现在他要让淤泥从指间流下来，"有人解释说，"他是想了解土壤的性质。因为土地和人一样，有的有力有的软弱，有的健康有的多病。还有些明明看上去挺好，实际却暗藏祸心。瞧，这里的土地也一样，谁说得准它背上背的是福还是祸呢。所以他这样做就是为了弄清土地的秘密。"

　　就这样，大家围着他七嘴八舌，那人则始终置若罔闻。第一个设法和他打上交道的却是傻子吉洛什。谁也没和他说过什么，也没人知道他是怎么办到的，不知不觉他就开始为这个外来人服务了。天亮之前吉洛什便在木屋门口等着他，帮他把桩子与其他工具搬到岸边，或者把它们扛回屋里。吉洛什一整天都在他身边来回忙活，而那个面目可憎、棕红头发的家伙，那个一旦得知工程进展不遂他愿，就气得似乎要直咬双手的人，竟然默许了吉洛什的陪伴。吉洛什心怀崇敬地观察着他，无论谁试图靠近建筑师画在沙地上的草图，他都会赶他们离开，只要建筑师在，吉洛什便一声也不敢吭。只有当建筑师回到屋里去了以后，这个疯子才重新懂得说话。"来呀，吉洛什，"有人对他说，"和我们说说你老爷是怎么工作的。"而吉洛什,则会欢天喜地地拾起一根木棍,开始用尽全力在地上乱画,边把泥土与碎石扔到二十步开外。"看,像这样。"他说,呼哧呼哧,更加用力地不停画拨地面。

十

建筑师的离去与到来一样,无人知晓。一天清晨,有人见到傻子吉洛什在上锁的木板屋前徘徊。他把脑袋凑近缝隙,久久盯着屋内,然后又开始绕着木屋打转。他似乎无法说服自己相信建筑师已经不在这儿,并且希望从某个空洞或缝隙里找到确切的证据。

他依着这个法子,试了将近一整天。眼神中流露出从未有过的悲伤。

十一

渡船依旧在被诅咒的乌亚那河上运送行人与牲口。自从造桥的事敲定后,我就开始——虽然我也说不上为什么——观察由渡船运送、往返两岸的一切。三月的最后一个周六,我花了整整一天时间呆在老埠头附近,望着来往的行人。天很冷,细雨冲掉了建筑师画在沙岸上的草图最后一丝痕迹。渡船上的人,脸色暗淡,瑟缩在雨中,努力保证背对着北风。从这些紧绷的脸上,很难看出他们过河的原因:为了血债血偿的复仇,为了葬礼,或者只是去拜访一位朋友,聊聊家常,又或是要去银行,抑或是要杀掉谁。这些人中有一半我见过;至于另一半,妄想猜测他们的身份是白费力气。在一件僧侣袍或普通邮差的衣服下面,可能藏着威尼斯大使本人,正在执行秘密任务。这类事情以前就有所耳闻。

十二

三天后,我在修道院的露台上又看到有渡船驶过。过河的只有两个人,带着牲口。渡船来回划了好几趟才把这一小群牲口都送过河去。牧羊人们裹着带帽的灰色胡普兰衫①。远远看去,显得令人生畏。

第二天破晓,我在睡梦中恍惚听见有人在远处高声求救,他们大喊着:"怪物,怪物……"我急忙起身侧耳细听,才发现这渺远的声音喊的其实是:"乌克,喂,乌克。"我走到露台上,在微弱的熹光中辨认出对岸有四五个人围站在一只巨大的黑箱子边。正是他们在招呼艄公过去。他们的呼喊声几乎淹没在满涨的河水声里,很难传到我这里。清晨,天色阴冷,天知道是出于什么顾虑,这群人选择在拂晓之前启程。"乌克,喂,乌克。"他们手搭传声筒,继续呼唤着。

终于我见着乌克走下河岸,还是老样子,驼着背,

---

① 胡普兰衫,款式为宽袖的长袍,是14、15世纪欧洲主要的衣服式样之一。

嘴里肯定又在嘟嘟囔囔，咒骂陌生的旅客、渡船、河流还有他自己。

渡船靠近对岸，旅客们准备登船，直到此时我才看清，那个我以为是老旧行李箱的东西竟然是口棺材。他们小心翼翼地抬起它，放在渡船的船板上。这挺稀奇的。通常情况下渡船运送的都是送喜的队伍，一大队人马载歌载笑，但之前我从未见过一支送丧的队伍。

我回到家里躺下，想再小睡片刻，却感觉不到丝毫困意。

十三

四月十七日临近正午，第一队造桥工来了，骡子驮满货物。队伍最前头有一个人，挥动手臂仿佛敲着大鼓，鼓起腮帮好像吹着小号，正是欣喜若狂的傻子吉洛什。

人群和骡队都在河边紧靠空木屋的地方停了下来。在这片荒地上，在灯芯草与水洼之间，卸货工作开始了，并持续了整整一天。日暮时分，建筑队驻扎的河岸已完全变了模样。现在那里堆满杂乱的板条、桩子与各式工具，人们穿梭其间，满口混合语，乏味无趣，就像烧滚的白水。现场场面如此混乱，就连吉洛什自己也目瞪口呆，完全没有了开始的喜悦。

等到深夜，火把照耀下，这批新来的人开始搭建木屋。当晚他们中有些就睡在外面，而木屋建造持续到第二天和第三天。人们无不惊愕地看着这些小屋——虽然粗制滥造——从一片混沌中显现。将来，这堆杂物里还会冒出一座桥，这听上去大概是最不可思议的事了。"渡船与木筏"的人有多么有序、得体，这群"公路佬"就有多么杂乱、粗俗。

截至四月末，又有两队人马到达，但是石桥一直等工事长来了才真正开工。起先，他们远远地在岸边打洞，好像巴不得拱桥离水越远越好。现在，工人们又在灯芯草地里挖出许多条沟壑，看上去没什么用处，也不通向什么地方。所有人都在折腾土地，远离河水，似乎想让河放心，仿佛对它说：我们不会拿你怎么样的，你没瞧见么，我们凿的洞有多远？安心流吧！

挖好的地洞和长沟越看越不像是提前规划过，所有人都一度认定工事长根本就是个疯子，拿造桥的钱花着玩。"还有，"人们又说，"难怪吉洛什那么快就和他成了朋友。物以类聚，疯子也不例外。"

当然了，吉洛什本人还是每天在这团混乱里走来走去，照着其他人有样学样。倒也没人赶他走。两个在现场监工的工头对他放任自流。不同于他们的老板，这两人都很健谈，待人客气。其中一个身材矮壮，秃头，脖子上长了几个疙瘩，有人说这是不治之病的征兆，也有人说，人们曾经向他逼问造桥的机密，这是他当时遭受折磨留下的痕迹。倾向后一种猜测的人又分为两派，一边确信他没能顶住压力最终泄露了秘密，另一边则坚持认为他忍受了一切，虽然如桥梁一般，被苦难压弯了脊背，但他从未屈服。另一个工头则正好相反，是个瘦高个，他浑身上下都窄窄尖尖：脑袋、下巴、小臂。而且，因为大家常常不得不扎进泥水里干活，据说工事长从来只背对着他说话，为的就是避免看到他卷起的裤腿下露出的小腿，瘦得只剩骨头，令人厌恶。

十四

三伏天，被诅咒的乌亚那河水位明显下降，河两岸开挖的大片沟渠突然热闹起来。一条接着一条，挖土工把长沟一直开到水边，河水顺势流入沟中。从高处看，这些水渠现在好像一只只巨型水蛭，不停从本就近乎枯竭的河里吸取水分。

不到两天，被诅咒的乌亚那河就已面目全非。微微泛波的水面纷纷让位于沉重的淤泥，带着东一块西一块、零散的水洼，活像乜着的眼，目光恶毒而黯淡。

下游略低的地段，水渠又重新将河水还给河流，但在要造桥的地方，一切都变得又丑又脏。泥潭上到处飘着死鱼。不知打哪儿来的吟游诗人绝望地望着这番惨象，喃喃自语道："这么破坏下去，要是害死了什么仙子精灵，可该怎么办？"

原来的渡船被移到了靠上游一些的地方，驼背船工成天诅咒这群新来的家伙。

他们在泥沼里不停来往，扛着装满淤泥的桶，个个样子脏兮兮，仿佛是幽灵。现在，不仅河岸边，连四周离得较远的土地也开始被染上泥渍。污泥的痕迹一直拖到大公路，甚至更远，直到两个罗贝尔旅舍。

忙碌的工地上，阴沉苛刻的工事长走来走去。有时，夕阳余晖下，这一大片泥污之中，他棕红的脑袋似乎闪着魔鬼般的光芒。现在人们已经不再说他是个疯子了。相反，疯的是他那群手下，而大家唯一的疑问是，他到底能不能管住这帮神经病。

河一天天丑了下去。就像一条鳗鱼，被撕扯得参差不齐，大伙甚至可以想见，它一定难受坏了。姑且不论乌亚那河曾经带给大家怎样的灾难，现在人人都同情起它来。

老阿伊库娜瞧见乌亚那河这副模样，用双手捂住了眼睛。"他们怎么敢杀了这条河？"她嚷着，"他们怎么能活生生剥了它的皮？"她开始为河哭丧，一如她为人哭丧那样："他们趁你睡觉时害死你，可怜虫，他们瞅准了你无力还击，就把你碎尸万段！"

她走到泥地里，想去找造桥人。"总有一天这条河会报复的，"她自言自语。"它会重新涨满河水，它会找回力量，它会膨胀，会咆哮。到那时，你们能躲到哪里去呢，哪里？"

终于，她似乎远远瞧见了工事长，于是老阿伊库娜抡起拐杖威胁道："到时候，看你往哪儿躲，异教徒！"

十五

这一头，工人们继续挖掘用来安放桥墩基座的深坑，另一边，我们大人，吉卡伯爵，则得知有人向他女儿提亲。这门亲事颇为特别：求亲的既非男爵，亦非公爵，也不是阿尔巴尼亚或欧洲的亲王，通常情况下事情本该如此，可提亲者却来自一个从未派出过求亲使节或和亲队伍的国度：土耳其帝国。一个边境省的长官替他儿子阿卜杜拉（多糟糕的名字！）向伯爵女儿求亲。据使者说，这次提亲是苏丹陛下亲自批准的；显而易见，这是一场政治联姻。领主大人，斯特莱斯·吉孔地，在新邻居面前表现得冷漠，甚至无情，而后者则想方设法引他动心。

自古以来，联姻就如同抹在如海的分歧、争端与敌对关系上的一层修复霜。当然了，它们的镇痛功效不过昙花一现。

一年前，卡什尼埃伯爵向领主的独生女求婚，紧随其后的还有吉因家公爵，也就是杜卡金①，人们是这么简称的，他家纹章上画着一只单首白鹰。但是，当我们老爷为了只有他自己清楚的原因替女儿回绝了头一个人的请求，杜卡金却在柳树林遭遇埋伏，第二天就主动弃权了。布下陷阱的是群陌生人，想必幕后黑手是大人的

———————
① 杜卡金（Dukagjin），被认为是由公爵和吉因（Gjin，阿尔巴尼亚人名）两个词简化而成。

老对头——斯库莱伊家族，家徽上有只龇着獠牙的狼。

  在过去的几百年时间里，阿尔巴尼亚亲王贵族①间的纷争频繁得令人绝望。北方的领主，家徽上刻着六芒星的巴尔沙家族②，近年来越发受制于财政困境。巴尔沙家族与高傲的托皮亚家族③向来不和，后者一直觊觎整个阿尔巴尼亚的宝座。巴尔沙家族和米泽科地区的主人，穆扎卡家族④关系也很紧张，穆扎卡家族最近在原有的纹章上添了条有两段支流的泉水，相传代表他们领地内新发现的石油矿藏。同样，穆扎卡家族与发罗拉尊贵亲王阿拉尼·科穆宁也几乎处于无休止的冲突状态，尽管他们两边都与拜占庭君王有联姻，这点和杜卡金、巴尔沙和托皮亚家族又不同，因为后三家都只和法国皇室结亲。穆扎卡家族和卡斯特里奥特家族⑤相处得也绝

---

  ① 14世纪，阿尔巴尼亚境内的政治状况是四分五裂，封建主相互争夺领地，封建公国林立。

  ② 14世纪阿尔巴尼亚最重要的家族之一，其公国位于阿尔巴尼亚北部斯库台附近。老巴尔沙有三子：斯特拉吉米尔、乔治·巴尔沙与巴尔沙二世。在巴尔沙二世统治下，斯库台公国势力达到鼎盛时期。

  ③ 14世纪阿尔巴尼亚最重要的家族之一，其公国位于阿尔巴尼亚中部，以都拉斯为中心。主要执政者为塔努斯·托皮亚之子查理·托皮亚。

  ④ 14世纪在阿尔巴尼亚中部建立封建公国。

  ⑤ 14世纪阿尔巴尼亚主要封建贵族之一。日后反抗土耳其统治的阿尔巴尼亚民族英雄斯坎德培即属于卡斯特里奥特家族。

不融洽，卡斯特里奥特家族的纹章也是一只鹰，但不是杜卡金家那种白鹰，而是红色的双头鹰。至于吉因家公爵，据说他们都是祖先吉因首领与山中仙女结合的后代，而卡斯特里奥特家则是喀斯特里奥忒家族的后人——现在人们有时还这么写他们的名字——阿尔巴尼亚诸侯中只有这家用珍珠作家徽。两年前，在卡什尼埃伯爵的婚礼上，要不是达伊达米娜遗孀出面制止，卡斯特里奥特与杜卡金两家人的口角险些变为一场残杀。

阿尔贝里的贵族满以为能用联姻偃息所有争端。但是，正如我所说，这些洒向怒海狂波的婚姻不过是几道难得一见的彩虹，很快就被吞噬在大海的深渊之中。托皮亚大伯爵与卡特琳娜，也就是巴尔沙二世的姐妹的婚姻，巴尔沙二世自己与发罗拉亲王之女科密达的结亲，还有巴尔沙二世的兄弟乔治·巴尔沙与安德烈·穆沙卡之女玛丽的联姻，都没能阻止这三个古老的王族转眼便在声声战鼓中忘却了婚礼上的曼陀拉①声。

与他国的结亲也同样不幸。自打当今查理伯爵之父，阿尔巴尼亚亲王塔努斯·托皮亚，从前往拜占庭帝国的送亲队伍中夺取法国国王之女伊莲娜·安茹为妻开始，在阿尔贝里大地上缔结的婚姻大多下场凄凉。强夺

---

① 又译曼多拉，中世纪乐器，与曼陀林相似。

法国公主，塔努斯·托皮亚丝毫不怕引火上身，同时惹恼法国和拜占庭帝国两个远强于他的对手。他与伊莲娜共同生活了五年，育有两个孩子。然后，有一天，他的岳父，法国国王，装得好像早就忘掉了受过的侮辱，邀请夫妻二人同去巴黎，声称是为了和解，实则是要把两人置于死地。直到现在，每当我望着托皮亚的家徽，头戴王冠的狮子上方代表安茹家族的白色百合，都会让我莫名想起墓地里的十字架。

阿拉尼·科穆宁与拜占庭皇室的联姻也同样一波三折，但是，塔努斯·托皮亚的婚姻引起了争端，这一次情况却恰好相反，这门亲事将会平息纷争。阿拉尼·科穆宁与拜占庭帝国之间的摩擦源于发罗拉附近的奥里库姆前海军基地。趁着拜占庭帝国危机四起，阿尔巴尼亚亲王拿出一些古老文书证明在被罗马人占领、重建之前，奥里库姆是阿尔贝里的领土。与皇帝的交涉还没结束，阿拉尼就攻占了半个基地，当时驻守基地的是一支斯堪的纳维亚雇佣军。拜占庭方面赶忙把一位公主嫁与阿拉尼为妻，只求保住剩下半个基地，还有邻近的几处小沙滩，那是皇帝的私人领地。近来听说土耳其人正千方百计说服阿拉尼·科穆宁把基地交给他们。他们向老亲王许下可观的财富，甚至答应把一位公主许给他的儿子，只要他把掌控下的基地交出来，就是他手上那半个。据说，阿拉尼的回答是，哪怕给他大地上最美的公主他也不换，因为基地本身，他大概会说，就是陆地与海洋上最美的公主。

最近一段时间，在巴尔干地区，土耳其人出现得越来越频繁。他们在大路上，旅舍里，在城门前等待入城许可，在集市中，渡船上，哪儿都能碰见。有时是政治或经济代表团，有时是贸易使团，有时是巡游的艺术家团体、宗教团体、军分队，或是独自赶路的怪人。随处都愈发经常能听见土耳其人的歌声，拖着长长的调子，没睡醒似的，无精打采。土耳其人的一切，他们的行为举止，他们轻快的步调，他们遮在宽松衣裤里的一举一动，仿佛是在故意藏起四肢的动作，尤其还有他们的语言，与土耳其沉闷的歌声不同，土耳其语单词的尾音简直有如一记重锤，所有这一切都让我隐隐担忧。一想到这些人还隐瞒了许多事情，我心中这份忧虑就化为恐惧之情。他们的头巾、灯笼裤和长袍完全没有鲜明的线条轮廓，既非直线，也非折线，连曲线都算不上，这绝不是毫无道理的。一切都模糊不清，都被做得便于随时改变形状。如此衣衫之下，实在很难分辨手臂那端拿着的到底是一把匕首还是一朵鲜花。但说到底，我们对这个国家又能期待什么呢？它甚至藏起了自己的源泉：女人。

不久前,我碰巧见到一支土耳其军队,他们刚刚介入奥赫里德居民与巴尔沙家族的冲突,现在要回自己的基地去。那是一队雇佣兵,一队在一定时间内为了一笔契约规定的报酬而战斗的人。多年前起,阿尔巴尼亚的大公们,正如巴尔干地区诸侯以及拜占庭帝国的皇帝们一样,常常雇佣土耳其军队来解决彼此的争端。正是通过这个方式,土耳其军人得以出现在巴尔干地区。我看着他们在路上列队行走,一阵冷颤袭遍全身。他们走了,我想着,但他们把我们也掠走了。他们打量四周,目光极尽贪婪,以至我顿时觉得仿佛从中看见,我们孩子的摇篮、我们的房屋、尸体、山川通通被洪流卷走,有如遭遇一场天灾。他们假装离开,我思忖着,但事实上再也没有什么能将他们从这里根除。我突然很想高声大喊:"是谁把他们招来的?"

对啊,是谁最先把他们招来的?恐怕有朝一日许多欧洲民族都会提出这个问题。这将不再是个疑问,而是一声惶恐的惊呼。而且没人可以回答。每个人都会忙着把过错推给其他人。事件真相已经开始被掩盖。或许它也被裹进了土耳其丝绸之中。

就这样,现在,土耳其那边传来了联姻请求。奥斯曼帝国的使节乘船过河去觐见伯爵时,带着各种珍奇礼物,满面欢喜。他们灯笼裤的缎面相互摩擦,发出意味深长的窸窣声。相反,回程时,土耳其人面色阴沉,有如乌云。短胡须上用来染色的散沫花①染料淡淡发红,令人备感压抑。我们大人拒绝向对方伸出连理枝。为了不使关系恶化,他借口说公主年纪还小,而且身体抱恙。事实上她已经十七岁了,而且尽管脸色还有些苍白,她现在早就痊愈了。但是伯爵大人,可想而知,是无论如何都不会同意这门亲事的。

十六

一整个夏天,拱桥工程夜以继日,已经进入桥墩建造阶段。一旦基坑挖到岩石层,人们便开始向其中填放巨大的石块。石头从一个很远的老采石场开采出来,由马车运到这里,再用一架巨型绞盘吊到坑底,绞盘不停作响,吱呀声人人可闻。它一趟趟把用粗铁链拴连的石块与装满砂浆的槽罐放到基底。

石灰池就开在不远处,许多建造桥墩的工人衣服都

---

① 一种植物,其叶可以用作生产红色染料。

被染得全白。但是这里的主色调始终是淤泥的颜色。

至于工事长本人,则在助手的陪同下,整日在脚手架上度过。他们没日没夜赶工,就是为了在秋天来临之前,在被诅咒的乌亚那河涨潮之前,把桥墩建到水平面以上。改道渠恐怕只在旱季才能起作用;第一轮降水一到,它们的容量将不足以承载河的流量,一部分河水注定会倒灌回原来的河床。

每当天空出现一片云,工事长闪着微光的脑袋便无不忧虑地转向天边。

事实上,所有人都在期待秋天的到来。有的很好奇,当河水撞上立在河道里的障碍物时,会怎么做。还有的摇摇头,确信被诅咒的乌亚那河一定会复仇。它绝不是浪得虚名。

大伙等着河水回涨,就像等着一个离家很久的人回来,在这期间,他家里已经发生了翻天覆地的变化。

白天慢慢变短了。夏日已尽,秋天来临,没有什么特别的事情发生。有个泥瓦匠淹死在石灰池里,还有两个被绞盘弄断了手脚,但这些在人们真正担心的事情面前无关痛痒。

十七

大家依然翘首以盼第一场秋雨的降临,直到一日清晨,上游流下的河水比以往更加浑浊。一场暴雨在群山深处爆发了。

奔涌而下的水流,好似大军先锋,一马当先呼啸而来,但改道渠却轻而易举将河水吸收,阻止它们淹没工地。

显然,河流与石桥建造者们的交锋逼近了。

天空放晴了几日,而后又重新布满乌云。绵绵不断的细雨落下来,似乎生怕没能淋透世界的每个角落。工人们裹在黑色雨衣里,忧心忡忡,冒着雨继续施工。"他们怎么不害怕呢,"人们说,"河流醒了,他们怎么还不逃呢?"

但是显然,这条河不慌不忙。它一定是在进攻前积蓄着力量。

又一波浑水涌来,这次,改道渠挺住了,但撑得很勉强。可被诅咒的乌亚那河还远没露出它的真面目。老阿伊库娜说这河是在逗桥玩儿呢,就像猫捉弄老鼠一样。

又下了几天雨,现在,河水的迟来比爆发更令人觉得充满威胁。造桥工们,虽然迄今为止都显得很镇静,此时也难掩担忧之情。

人们期待着,一日之内,甚至一小时以内,河水就会磅礴而下,但河却依然没显出任何类似的迹象。"哎呀!"人们说,"被诅咒的乌亚那河可不是白叫的,它可有一肚子的诡计呢!"

事实上,却正是没人再等的时候,河水来了。经过连日降雨,天气突然放晴。四处一片阳光灿烂,所以大家都觉得,前一段阴雨日子里,这条河尚且没有一点要爆发的样子,现在更不会在一片蓝天下袭来。然而,正是此刻,河水发威了。

一次猛烈的进攻中,河水冲出改道渠矮小的堤坝,涌向原先的河床。顷刻之间,一切都被摧毁,水池、沟渠都被淹没。河水卷起一堆杂乱可怖的木板、断木桩和各种碎片,不知带向何方。旋即,又以更加凶猛的力量向施工中的桥墩发起进攻。它迎面扑向石桥,后撤,猛攻桥的左翼,绕到桥的右侧,在桥底下疯狂肆虐了一阵,却一直无法撼动石墩。直到这时人们才发现建筑师正站在两根桥墩间临时搭起的木板桥上,专心致志观察着被诅咒的乌亚那河湍急的水流。有些人甚至说他不时露出微笑。

显然，在与人们为它安上的石鞍第一次对峙中，被诅咒的乌亚那河被击败了。它带走了一些碎片，还有个喝醉的工人，没人知道他是怎么被水冲走的，可这些对于河的复仇来说实在远远不够。河水继续流向远方，比以往都要浑浊，冲走淤泥的乌亚那河，似乎鲜血淋漓。

人们瞧着咬在河背上的石牙，都可怜起乌亚那河来。"河水还会继续上涨的，"大伙说，"它会从夏日的病痛中振作起来，到时候它就要让人好看了！"

不过，两个星期过去了，被诅咒的乌亚那河还在上涨，浪花越发起伏，喘息越发深重，可尽管如此，石桥依然没有受到任何损伤。

十八

秋天来了，比往年都冷。第一场泛滥过后，乌亚那河又清澈起来，河水恢复了它通常的颜色，介于淡蓝与青色之间，但我们都相信，此刻，多年来我们所熟悉的色彩之下，正隐藏着愤怒与屈辱。

造桥工程继续进行。泥瓦匠，像传说里的小精灵一样，扛着石块与装满砂浆的桶，走在桥墩间搭起的木板上。桥下，河水不断流淌，它尽职尽责，他们也一样。

整个秋天，没什么值得一提的事情发生。河水不知从哪儿卷来一个溺水者，撞上了河中央的桥墩，他在旁边打了几个旋，然后就消失了。正是那一天，从脚手架乱糟糟的大梁和木板间——很少有人猜到里面到底藏了什么——隐约浮现出一个连接两个桥墩的石拱。显然，工人们准备建造第一个桥拱了。

十九

入冬，第一阵寒意刚刚袭来，四处就出现了许多流浪的苦行僧。在大公路上，两个罗贝尔旅舍里，甚至更远地方，在柳树林中都见得到。从邻近公国来的旅人说那边也能看见他们，有的甚至宣称在古老的埃格纳蒂亚公路上遇见过土耳其苦行僧。有时几人同行，有时两人结对，更常见的是独自一人，他们蚕食所有道路，光着脚，脚上沾满烂泥。

昨天早上，天蒙蒙亮，我在一条荒路上见到两个僧人，踏着土耳其人轻快的步调，前后成列走着，两人之间相隔两步距离。冬风扬起尘土，把他们的破衣服弄得脏兮兮，我看着他们，差点叫出声来：怎么回事？

这群流浪的苦行僧是谁？为什么入冬这会儿他们会同时出现在巴尔干的大地上？

二十

田野上盖着一层霜。两个罗贝尔旅舍来了两位吟游诗人，在那儿住了三晚。为了给客人助兴，他们唱了几首新写的歌谣，主题都是被诅咒的乌亚那河。但歌里尽是些坏兆头。唱的实际上是水神和仙女绝不会忘记受到的亵渎。他们会复仇，不是不报，只是时辰未到。

"渡船与木筏"的人要是听到这些歌一定会很高兴，但那又有什么用呢，他们现在已经失守阵地了，就算再唱上一千首类似的歌谣也无法扭转乾坤。实际上也从来没听说过有哪座桥或者其他什么建筑会因为几首歌而中断修建的。

自打被击败，愤愤而去，"渡船与木筏"的人就再没显示出什么生命迹象来。我本以为他们从这个世界上消失了，但此刻两个罗贝尔旅舍的歌谣又把这群人重新唤回我的脑海。他们已经放弃反击了吗，还是他们也在等待着自己的时机呢？

二十一

秋季将尽，领主大人照例邀请贵宾参加狩猎聚会，每年差不多这个时候他都会在狼原举办一次。

除了附近的领主和属臣，来的还有南阿尔贝里的尊贵亲王吉因·布埃·什帕塔①。从北边过来的则是老巴尔沙的两个儿子，乔治·巴尔沙和巴尔沙二世，带着他们的妻子，玛丽和科密达伯爵夫人。随后，陆续到来的还有扎德利姆的领主尼古拉·扎沙里，他家家徽上有只猞猁；保罗·戈罗帕和弗拉什·马特兰哥男爵，前者是

---

① 吉因·布埃·什帕塔（1358—1399），建立了以阿尔塔为中心的独立公国，以阿尔塔专制国家而知名。

奥赫里德和波格拉德茨的统治者，后者则是卡拉瓦斯塔的主人。

与往年一样，狩猎活动开展得声势浩大，极尽所能。号角声、马蹄声和犬吠声在二十四小时内震得整片狼原精神抖擞。聚会中没发生什么令人难过的意外，除了有个赶猎人被野熊开膛破肚之外，大家主要关心的问题，就是尼古拉·扎沙里崴了脚，幸好情况没有进一步恶化。

天气一直很好。狩猎归来，天空下起小雪，飞雪点缀之下，狩猎队伍变得更美了。

客人们不做长期逗留，都迫不及待想返回自己的领地。他们在大人的领地上住了三天（比其他场合都要短），这段时间里，人人都期盼能听到几条订婚的消息，但是什么也没发生。实际上，客人们主要讨论的是由奥斯曼这个威胁带来的严重问题。

商议进行的时候，两位伯爵夫人，玛丽和科密达，提出想去石桥工地看看。陪同她们的任务落到了我头上，我向二人大体介绍了造桥的不同步骤，对此她们一无所知。两人一度为河床沿岸涌动的造桥大军，脏乱的工地，还有人们口中各不相同的语言所震惊。不一会儿，一个月前刚去发罗拉探望父亲的科密达谈起了奥里库姆海军基地局势引发的忧虑；接着她们聊了很久自己在各大家族的熟人,特别是都拉斯公爵夫人,让娜,一直守寡的她马上准备再婚了,最后,二人又聊到了她们的小姑,卡特琳娜——老巴尔沙最喜欢的女儿,不难猜出她俩一定有些嫉妒。我苦苦想把话题带回奥里库姆基地上来,但这十分困难,如果不说完全不可能的话。

我们脚下,被诅咒的乌亚那河咆哮着翻起白浪,但两位参观者对河的兴趣显然没比对河上的桥更多一些。她们又谈论起认识的人,她们的婚外情,还有杂七杂八的琐事,尽管我一直与她们保持距离,但二人对话的零星片段却似乎有意强行闯入我的耳朵。有一阵子她们使劲嘲笑那个向伯爵女儿求婚的奥斯曼人。提起两人口中这个"土耳其女婿",她们爆发出一阵笑声,她们想象他穿着灯笼裤的样子,边笑还不忘手拉手以防在泥泞处滑倒,随后,又一阵欢笑声中,她们努力试着念他的名字,阿卜杜拉,但发音总是越念越离谱,特别是当她们想着为他起个昵称时,在他的名字后加了个斯①。

---

① 即 Th,在阿尔巴尼亚语中发音近"斯"。

二十二

十一月月末和十二月的第一周，四处依然有人不断看见苦行僧。我完全有理由认为这些不讨喜的家伙就是那个亚洲巨国派来的间谍，是命运把土耳其这个邻居赐给了我们。

他们肯定是在搜集各种情报，关于这里的土地与公路，关于联姻，关于阿尔巴尼亚亲王之间的纷争与由来已久的敌意。有时我看见一个苦行僧，会觉得没有哪种天气比十二月的寒冷和如冰的寒风更适合形容我心中升腾的仇恨。

我不由自主地想起那两位优雅的伯爵夫人聊天的片段，有时，我也会像个精神病人一样自己念叨：阿卜杜拉斯。

二十三

那是十二月一个下着雨的清晨。天空压得很低，好像要让大地窒息似的。雨落下，细细，绵绵，不带一丝希望。我正沿着河边走，却惊讶地发现工人们竟然没在工作。这几乎从未发生过。无论降雨还是冰雹都从没能让这群人放下手中的活儿。但让我更好奇的是，我看见脚手架上有一队人，呆在刚造好的中央拱前面。这群人中，我远远认出了工事长和他的两个助手。他们不时俯身靠向石拱，勾着头往下，看看桥墩，然后又重新聚在一起，继续他们的秘密会议。

"吉洛什，发生什么事啦？"有人问傻子，他刚从那边匆匆回来。

"桥，砰，桥，哦，天哪……"他说。

几小时后，人们就会明白发生了什么。昨天夜里，桥上受了几处损伤。河中央的桥墩，护拱石，特别是刚刚完工的桥拱，莫名其妙多出几道类似爪子抓痕的擦伤。脸色苍白如蜡，眼底露出惊恐的神色，建筑师的两个助手绞尽脑汁猜测这些损伤到底是怎么来的。建筑师脸色一成不变，裹着雨衣，眼睛望向远方，好像真相会从那里向他走来似的。

"可这不是工具留下的痕迹，先生。"终于有个凿石工说。

"什么？"建筑师道。

"这不是锤子的印子，不是榔头的，不是……"

"那到底是什么的？"

凿石工耸耸肩膀，看了看其他人。个个都面色如土。

"在两个罗贝尔旅舍，几周前，"有人小声说，"吟游诗人曾经说过水中仙子什么的……"

"够了。"工事长喝道，说着一弯腰，把身子探到受损的桥拱下面，想再看看那几道伤痕。他在那儿定了很久，确实没有发现任何锤子、凿子或者锥子的痕迹，这下，他也和其他人一样，因惊恐而颤抖起来。

二十四

桥上出事的消息以惊人的速度传播开去。

人们还记得那几个吟游诗人，记得他们的穿戴和面容，人们还格外费心试着记起歌谣的词，不过难免也会弄错韵脚，就像风吹弯了芦苇梢。

"当初谁想得到他们的预言会成真呀？"大家纷纷说，"那些人可不是吟游诗人，他们是魔术师。"

谣言夜以继日向周遭传开，为拱桥添上愈发浓重的神秘感。

夜晚，遭受无情摧残的桥拱，黑漆漆的，耸立在河上。远处看，被修复的地方抹着砂浆和石灰，让人想起手脚骨折时裹上的绷带。拖着这具残破的躯体，石桥显得阴森可怖。

二十五

那段时间，我碰巧招待过一个名叫布洛克哈尔特的奇怪僧侣在家里住了两晚，之前他奉命出使拜占庭帝国，现在要回欧洲去。

那一日，天色渐晚，我正借着天黑前微弱的光线看书，突然有人来告诉我，上一趟渡船拉来一个看起来像僧侣的人，他提了些问题，可说的话没人听得懂。于是我请人带我去一趟。

那人又高又瘦，一张极其瘦削的脸，衣服上覆着一层灰尘，厚得吓人。

"我从没见过这么长的公路，"他说着向我指了指他的衣服，仿佛路就绕在他身上似的。"而且有人正在重修这条路，几乎是全程重修。"

我惊讶地望着那层裹在他身上的尘土，然后迅速帮他做了身份证明。

"这是老埃格纳蒂亚公路，现在有个搞公共工程的公司正在维修。"我对他说。

他点点头，摘下斗篷，掀起一片尘雾。

"正在造桥的就是他们。"

"对，我来的时候看到了。"

没了斗篷，他看上去更高了。这人瘦得简直只剩骨头，只要他双臂交叉，就会让人想起死亡的符号。

"这是到发罗拉海军基地那条公路的一个支路，对吧？"他问。

我暗暗想：这家伙肯定是个间谍。

"对。"我回答。

说到底，他再怎么打听发罗拉基地我都无所谓。反正现在它在别人手上。

我请他坐到铺在壁炉旁边的长毛绵羊皮上，又支起一张小矮桌。

"您一定想吃点东西吧，您应该饿了。"

说这些话时我的语调很不确定，听起来就像是害怕无法满足这具巨型骷髅的胃口似的。似乎是猜到了我的想法，他笑着对我耳语道：

"我是您的客人。斯拉夫人管客人叫 gost，这个词，他们是从英语里借过来的，原来是 ghost，如您所知，意思是鬼魂。所以作为客人，我同时也是鬼魂，是魅影，是幽灵。"他微微一笑，"和所有幽灵一样，我渴望血肉。哈！哈！"

他笑了起来，但笑声实在招人厌。

"请自便，"我对他说，"您千万别客气。"

他又笑了会儿，目光却从没离开桌子。想到可以和一个精通语言学的人度过一晚上，我真的很开心。

"最近有什么新闻吗？"我问他，打算把语言学的话题留到晚些时候再说。

他张开膀子，好像在说：没什么特别的。

"欧洲那边，您也知道，法国和英国的战争还在继续，显然他们还要再打个百来年。至于拜占庭帝国，它被各种密谋和政变搅得乱成一锅粥。"

"那就是和平时一样。"

"对，和平时一样。对保加利亚战争胜利一周年，也是摧毁敌军一周年的庆祝活动刚刚结束。现在，国内的氛围显然一触即发。"

"摧毁保加利亚军队？这是什么意思？"

"怎么，您不知道么？那事真恐怖，可他们还每年都声势浩大地庆祝一番。"

短短几句话间，布洛克哈尔特向我讲述了，由拜占庭皇帝下令，对战败的保加利亚军队进行的大屠杀。一万五千名被俘的保加利亚士兵被剜去双眼。"要知道在拜占庭这是官方认可的惩罚方式。"他补充道。帝国保留了一百五十人的视力，好让他们领着这只瞎子部队回保加利亚的首都去。日升月落，这群人，前额下带着两个黑色窟窿，朝着保加利亚的方向前行。

"太可怕了，不是么！"布洛克哈尔特感叹着，又吞下一大口肉。

他这么吃着，却并没有像他玩笑时说的那样，长出点肉来，我觉得，他反而变得更瘦，更苍白了。

"大国报大仇。"他说。

我们聊了会儿政治。他同意我的观点，拜占庭已是迟暮之年，我们现在的主要威胁来自土耳其王国。

"我住过的所有旅舍里，人们就谈这一件事。"他说。

"当然了,"我答道,"所有人都在没头没脑地猜是谁最先把这群人从沙漠里引出来的,但是没人想过怎样才能阻止他们继续扩张。"

"是啊,"布洛克哈尔特说,"人啊,面对灾祸又没打算反抗,就只好去找它的源头。我想对你们来说也一样,这些土耳其人是个近在眼前的威胁吧?"

"对,就在我们家门口。"

"的确。你们位处欧洲的门户。"

他问我们国家的情况,很快我就发现他对这里的认识非常模糊。我向他解释说我们是伊利里亚人①的后代,拉丁人管我们国家叫*阿勒巴努姆*或*阿尔巴努姆*②,或者是*阿尔巴尼亚王国*③,而这里的居民则叫*阿勒巴尼因西斯*或*阿尔巴尼因西斯*④,二者都是一回事。我接着告诉他,近几年来,我们这里的人给了国家另一个名字。现在他们管它叫"*阿尔巴尼亚*"⑤,意思是"鹰之部落或鹰之群",而国家的居民则获得了"*阿尔巴尼亚人*"⑥的称呼,词源是相同的。

他专心致志地听我说。顺着思路,我向他提起一份塞尔维亚语的古老国家名单,是一个斯洛文尼亚僧侣寄

---

① 欧洲古代一个印欧语系的民族,主要居住在希腊西北部。
②③④ 原文为拉丁文。
⑤⑥ 原文为阿尔巴尼亚语。

给我的，上面注有每个国家的标志，阿尔巴尼亚是用一只鹰表示的，塞尔维亚是只狼，克罗地亚是猫头鹰，匈牙利的是猞猁，而罗马尼亚是只猫。

他不时点点头，当我说起我们，阿尔巴尼亚人，和希腊人一样是巴尔干地区最早的居民，他停下勺子，一时间陷入了沉思。我明白自己应该给出点证据来证明我的结论，于是在这点上，我给他举了阿尔巴尼亚语的例子，告诉他阿尔巴尼亚语与希腊语是同时期的语言，可能还更早，证据就是希腊语里有些单词就是从我们的语言里借去的。

"而且不是随便什么词，"我对他说，"借用的都是神和英雄的名字。"

他的眼睛亮了。我向我列举了一些词，宙斯、德墨忒尔①、特提斯②、奥德赛，分别是从阿尔巴尼亚语里的 ze（声）、dhé（土）、det（海）和 udhë（路）变来的，同时我见他松开了手中的勺子。

"你吃呀，*幽灵*③。"我盯着他的勺子说，几乎害怕起来，这勺子似乎是最后一件能把他维系在活人世界的器具。

---

① 希腊神话中司掌农业的谷物女神、丰饶女神。
② 希腊神话中的巨人和海神。
③ 原文为英语。

"你对我说的这些可真稀奇!"

"从你们这儿夺走了你们神明的名字,这就像是夺走了你们灵魂的一部分。"过一会儿我又说,"不过,目前,我们都没工夫算这笔账。现在,我们这两种语言,阿尔巴尼亚语和希腊语,都受到土耳其语的威胁,它就像一朵乌云。"

他点头同意。

"语言间的战争同人之间的战争一样惨烈。"他说。

我对谈起这个话题表示遗憾。

"土耳其语还有它著名的后缀'lik',"我们在彼此的目光中陷入了沉思,过了一会儿我缓缓开口继续,"像根大狼牙棒压在我们头上。"

"你们真不幸呀。"他回道。

我非常痛苦地点了点头。

"而且没人意识到危险。"我说,"我们的亲王们还在争吵不休。"

"哪怕现在土耳其人已经到了你们家门口?"

我点了点头表示肯定。

"最糟的是,在发生纠纷时他们还去找土耳其雇佣兵帮忙。"

"哎!"他叹了一声,接着突然起身,仿佛从陷阱里挣脱出来似的,离开了桌子。

现在,他又可以自由地变回鬼魂去了。

二十六

布洛克哈尔特离开三天后,一日清晨,人们发现石桥遭到了更严重的破坏。这次,出现的不再是裂缝和划痕;有人把主桥墩上的大石块给撬走了。最蹊跷的地方莫过于有些石头是从水面之下被拿走的,恐惧随之而来,与日俱增,除此之外,这一点还引起了建造者们的极大忧虑。这个高度的损伤修复工作在下一次枯水期来临前是不可能完成的。

水中神灵的第二次干预引发了普遍的恐慌。人人都在议论这事。尽管工事长和他的助手们对此勃然大怒(这位建筑师的脑袋闪电似的从桥这端移到桥那端),工程进度还是立即慢了下来。从铺满碎石,如今面貌可怖的河岸,开始传出一连串令人不寒而栗的传言,就好像不久前从沟里飘出的泥炭灰一般——不过这些闲言碎语传得更快,而且走得更远。

工人们也开始弃工地而去了。肩上扛着包,报酬也不要了,他们逃也似的,连夜抛下这份活儿,这份在他们看来受到诅咒的工作。

在关于这一话题无休无止的讨论中,人们愈发认为,应该把桥毁掉,趁一切还没有太迟。

二十七

工事长自己也在一天早上天未亮时突然离开了。没人知道他为什么走,往哪里去。他之前没给过任何解释。前一天晚上,他用马鞭抽了两个助手一顿(据说这是他第一次这么做),然后就消失了。

现在,石桥那边,工程进展得极其缓慢。吉洛什沮丧地在木屋旁乱转,时不时把脑袋凑到锁孔前。泥瓦匠继续把石头和装满砂浆的桶运到桥墩。建筑师的助手们脸上带着鞭痕四处转悠。其中一个,长麻秆,来来往往,看上去很为这些痕迹而丢脸;另一位,胖圆球,却好像正相反,欢天喜地,巴不得把这些伤痕弄得更显眼些,仿佛它们是荣誉勋章。

工事长不在,现场更混乱了。所有人都坚信他再也不会回来,接着只要等命令下来,宣布把桥摧毁,或者至少是把桥扔给流水处置。

但工事长来得与去时一样突然,这次他还带回了一小队面色阴沉的人。刚一抵达,这群人就动身前往拱桥受损的地方,花好几个小时仔细检查。他们查看了擦痕和石块被盗走后留下的凹槽,点点头,比画着手势,不知什么意思。其中一个,吓了所有人一跳,脱掉衣服跳进河里,显然是为了去看水下被偷走石块的位置。

第二天和第三天,他们做了同样的工作。使团为首的是个又高又瘦,而且背驼得厉害的人。他一定饱受颈椎疼痛折磨,因为他的头动起来十分困难。其他人都对他很尊敬,包括建筑师在内,虽然他表现得不是很明显,从这份尊敬中可以猜出这人应该是路桥公司的主要老板之一。

"瞧瞧上帝是怎么让恶人屈服的。"见到那人,老阿伊库娜如是说。"照这样,上帝会让所有妄图造桥的人屈服。祂会让他们弯下脊梁,就像拱桥一样,直到他们的头碰到脚背,因为我们祖先可不是无缘无故对恶魔这么说的:总有一天你会吞下自己的脚!"

二十八

我被紧急召到领主家中。我发现这儿聚集着公路建造方的代表团、工事长和我们亲王的书记官。所有人都沉着脸。大家在等伯爵到来。

我摸不透这次会议的目的。莫非真的决定终止工程了？要我们亲王答应归还到手的预付款，哪怕只是一小部分，都几乎没什么可能。这些人没认识到这一点。

使团成员都一动不动，好像被钉在高背椅上似的。为什么，我想，为什么我们不能停止这类集会呢？说实话，我觉得这种会议越来越枯燥，更何况我还要翻译路桥公司那帮人的奇言怪语，这活让我头疼，而且疼痛不纠缠我两天绝不罢休。对我来说，两方，水上公司和陆上集团，不过半斤八两，但是至少前者说一口纯正而精确的语言。相反，和路桥公司的负责人讨论上一小时，就连桌子都似乎蒙了他们破旧语言落下的灰尘，一如他们的工地，堆满残渣废物。

这次姑且勉勉强强应付过去，我自忖，但下一次，一定要不惜一切代价找个借口逃掉。

访客们时不时扭头去看伯爵应该进来的门的方向。当然了,迟到这件事本身或许就可以看作是伯爵无心接待的证明。访客们,越发不耐烦,手指敲着桌面。眼睛盯着手,或者盯着几张画满各式草图的纸。

终于,伯爵走进门。他冷冷向他们点头示意,坐上主座,开口道:

"请讲。"

显然,第一个发言的应该是那个高个子驼背。他轻咳两三声,清清嗓子,像是要选个合适的语调,似乎正准备开口,随即又改了主意。

"请讲。"我又翻译了一遍。

使团长又咳了几声,然后,以非常干涩的嗓音说:"有人想要毁掉我们的桥。"

伯爵挑起眉毛,抬了片刻。眉间流露出惊讶,不过主要还是等待,以及那么一丝嘲讽。

"人们以为是水神破坏了拱桥,不对,是有人在捣鬼。"他接着说。

伯爵显得无动于衷。

对方瞄了一眼他眼前的笔记。

"我们可以立刻告诉您我们怀疑的对象。"他继续道。

我们大人动了动肩膀,好像在说:你们怀疑谁关我什么事?可他的对话者显然误解了这个动作的含义,急忙补充道:

"请您一定要理解。我们怀疑的绝不是您的手下。"他咽了口口水,"我们甚至不怀疑土耳其间谍。不,我们怀疑的是其他人。"

"请讲。"斯特莱斯·吉孔地第三次说。

伯爵两位书记官的羽毛笔刷刷作响,记录着谈话内容,书写声使此刻的沉默愈发难以忍受。

"就是'渡船与木筏'公司在想方设法毁掉我们的桥。"那人说。他尖锐的目光一动不动钉在伯爵身上。弯曲的脊背让他的眼神显得愈发多疑。

我们大人面对他,很平静。显然,这个故事他压根儿不感兴趣。此时他正为我们与土耳其邻居的关系走向操心,所以基本不在乎围绕拱桥发生的一切。

"显而易见,"外来人继续说,"为了保住自己的利益,他们没能,也不可能接受造桥的事实。早在实施犯罪行为之前,他们就有了破坏这个杰作的想法。所以他们才买通那几个吟游诗人,指使他们传播谣言,说是水神无法容忍石桥的存在,应该把它拆毁。"

他长长的脑袋,悬在桌子上方,左右摇摆着,试图弄清楚他的发现对我们产生了什么影响。我应该承认,个人而言，我是被说服了。

说实话，我早就这么怀疑了。既然这帮造桥的人——他们的代表就在我们眼前——可以安排一个癫痫病人和一个流浪的通灵人来提出造桥的主意，凭什么不信"渡船与木筏"会买通两个吟游诗人散播应该摧毁石桥的言论呢？

"您一定要知道，伯爵大人，"外来人继续说，"无法容忍石桥存在的绝不是水中的神明，而是'渡船与木筏'这个强盗公司头目们贪得无厌的心。"

"哈哈！"伯爵笑着回答，"他们也是这么说你们的。"

他说话对象的额头上冒出一片小红点。

"据我所知，我们从没弄沉他们一艘船。"他说，"而且我们也从来没有破坏过他们任何一个船埠。"

"的确，"我们大人接道，"至少，我从来没听过类似的事情。"

"而且您永远不会听到。"对方打断他，"但您知道的，伯爵大人，当初这帮人为了阻止桥的建造，就无所不用其极。他们没能得逞，简单说，您的公正挫败了他们的阴谋，但从那以后，他们就打定主意要毁掉石桥。一开始，他们指望暴怒的河水把桥冲垮，不过老天爷不帮他们，所以现在他们只好派人去干了。"

他又停顿了片刻，似乎是给听众时间记下他刚才说的话。很明显，水运那帮人，正如我猜测的，面对挫折从未放弃。对陆上集团，他们硬币还钢镚①，以其人之道还治其人之身。显而易见，利益冲突引发的斗争比荷兰人口中的鳄虎之战更加猛烈。

"这就是，总而言之，伯爵大人，这件事的始末。"

我们大人，神色镇静，继续望着驼背人。终于，他觉得对方已经说完了，于是开口问道："但是你们希望我做什么，先生们？"

对方重新对上伯爵的视线，仿佛在质问他：您真的不明白我们要您做什么么？

"我们请求惩罚罪犯。"他干巴巴地回答。

我们大人摊开手。窗户顶端的彩色玻璃透出发青的光芒，似乎要把你吞噬，不知把你带往何处。伯爵依然摊着手。

"向我这样要求也无济于事。"最后，他说，"我从不插手你们的事情。现在也无意如此。"

"那么，我们该自己消灭罪人咯？"

"什么？"

书记官羽毛笔簌簌的抱怨声在沉默中响起。泛着青色的苍白光线让气氛变得格外压抑。

---

① 法语固定表达，表示以其人之道还治其人之身。

"什么?"对方说,他向前勾着身子,头几乎都要贴到桌面上了。

工事长棕红的头发犹如冰冷的火花闪着微光。

"您是在暗示一场谋杀么?"伯爵问。

他们死死盯着对方。

"一场惩罚。"来访者说。

"啊,对,一场惩罚。"

一阵沉默袭来,一直持续到羽毛笔的摩擦声停止后。气氛压抑得可怕。

在这段间歇中,所有人都等着大人发话。他开口了,神情冷漠,近乎不屑而疏离,就好像他的话来自彼世。

"如果你们的对手,如您所说,利用传说来宣扬毁掉拱桥的主张,你们也完全有理由用同样的方法为惩罚凶手做准备,就借传说来做。"

外来人的眼神狂热起来。

"我明白您的意思了,伯爵大人。"他们的首长最终说道。

他的躯干离开他坐的位置,可头和背却依然弯向桌面,仿佛挪不开似的。

过了一会儿,他们便告退了。我也一样。

屋外很冷。蒙蒙细雨让我双耳发寒。一路上,我都无法将刚刚发生的对话从脑中驱除。他们隐约讨论了某件晦涩的事。一切都被精心掩盖起来。有一次，我在大公路上，离两个罗贝尔旅舍约两百步的地方看见一个被杀的人。有人用被单盖住尸体，把他扔在了路边。没人敢掀开被单去看他的伤口。那些伤痕一定很吓人。

我身不由己地掺和进了一笔阴险的交易里，这个念头让我整整一晚都睡不安稳。到了早上，我的头很晕。窗外，万物阴沉潮湿。天空下起陈年的老雨，沉重如铁。啊，上帝啊，我喃喃，我做了什么？我禁不住想哭，流下沉重的泪水，重得如同这场雨。

二十九

雨连续下了一周，就和上次会谈时的雨一样让人萎靡不振。似乎每隔四年，就会下这么一场雨。也许老天想把积攒下来的陈年旧物通通倾泻在大地上。

尽管天气不佳，桥梁工程却一天也没断过。工人们又开工了。在第二个和第三个桥拱上，他们忙得废寝忘食。天很冷，有时连砂浆都冻住了，工人不得不用热水来搅拌。他们也时常往里加盐水。

被诅咒的乌亚那河还在上涨，水面不断升高，但它没有向桥发起新一轮的攻击。

所有人都等着看水中神灵现在会怎么做。"水可是记仇的，"老人们说，"大地总是大度的；但水可不是。"

据说，到了晚上，桥被严密地保护起来。四周看不见警卫，但他们一定正躲在脚手架里，监视着。

三十

事情刚走上正轨，使团便离开了，只留下一个成员。他是这一小群人中最沉默的，表情死气沉沉，眼里汪着水，没什么神采。他总是呆得远远的，好像什么事也不掺和，常常一个人在河岸边散步。天知道是为了什么，傻子吉洛什认定了似的，每次遇到他，都痛骂他，威胁他。这沉闷的家伙一脸惊异地看着愤怒的傻子，尽一切可能躲开他。

有一天，我们俩凑巧面对面碰上了，显然，他记得曾在伯爵那儿见过我，便向我搭了话。我们互相问好，然后一起散了会儿步。他告诉我自己在搜集民间故事和习俗。我本来想问问他这和造桥有什么关系，但又改了主意，也许恰恰是因为他水汪汪的眼睛激发了我的同情心。

几天后，他来修道院找我，我们就巴尔干地区的故事和传说聊了许久。他知道其中一些。我料想他会向我打听这里的习俗与传说，果然不出我所料。他确实这么做了。我给他讲了一些我们的风俗习惯，还说了几个很短的故事，他看来很喜欢。至于传说，我告诉他其中有两个与希腊神话中最伟大的故事一样崇高。

他眼中平静的眼波突然被搅乱了，尽管表面上他仍然努力保持镇静。

"您能和我说说么？"他问我。

"当然，"我回答，"乐意之至。"

那一刹那，我突然想起上次会面中使团成员对传说的关注，还有我们大人说的话。现在，我不再怀疑，和我打交道的，正是一位传说搜集者。

"正如所有伟大的传说中所言，生命与死亡并肩而行。"没过多久我说。

我们交谈所用的是一种拉丁与日耳曼语混杂的语言，他还掺了些古老的斯拉夫惯用语。我尽可能简明扼要地向他讲述了第一个传说，内容是康斯坦丁从自己的墓中走出来,好带回远嫁他方的妹妹。

"听说,"我对他说,"这件事好多年前确确实实发生了,就在附近一个公国。"

"啧啧,啧啧。"他应道。

"我们也管这个传说叫承诺之歌,"我接着向他解释道,"或者是'拜萨'① 之歌。在阿尔巴尼亚语中,'拜萨'这个词有着特殊的意义。"

我和他说起"拜萨"的事,尤其着重向他说明在我们的生活中,这个词不仅仅是一个道德观念,更是一种法律机制,有它的规则、条文和阐释方式。

"因此,在我们这儿,承诺,'拜萨',是至高无上的事,您明白我的意思么?"

"'巴诶萨'②。"他重复念道,咬着唇,仿佛这个词弄伤了他的嘴。

"所以这首叙事诗叫'拜萨'之歌。"我接着说,"康斯坦丁许下了承诺,也就是'拜萨',他向母亲发誓会不惜一切代价把她的女儿杜伦迪娜带回来,只要母亲需要她在身边。"

"不惜一切代价,"他重复道,"然后呢?"

---

① 原文为 bessa,阿尔巴尼亚文化中一个重要概念,意为承诺与诚守誓言。

② 原文为 baessa,应为 bessa,但因口齿不清发音有误。

"然后就是一段阴森的旅途,死者和生者共骑一马,还有由此引发的恐慌。"

"太伟大了。"他说着,生生遏住一声惊呼。"死亡与生命同骑于一马之上。真是永恒的真理。是啊,是啊。在每个活人身上都有死亡的元素,就像在每个死者身上都含着生命的因素。这首叙事诗真有种极致的美。"

见他欣赏这个故事,我高兴极了,立即打消了脑中关于他的所有疑虑。他肯定是个传奇搜集者,甚至可能是个经验丰富的行家。

"巴尔干的所有民族都宣称是这个故事的创造者,"我接着说,"但,毫无疑问,它属于我们,因为只有在阿尔巴尼亚人口中,'拜萨'这个词才有如此崇高的意义。"

"是的,这是肯定的,"他说,"毫无疑问。"

"另外,就像我跟您说的,这件事就发生在离这不远的地方,是最早开始与外国缔结联姻时候的事情。"

"那另一个传说呢?"过了一会儿他问。

"另一个也一样凄惨,讲的是把一个女人'墙葬'在城堡墙基里的故事。"

"您说的'墙葬'是什么意思?"

"这个词自然和墙有关,而且,在这里,它指把某人埋进墙里。"我说道,试图用手势完善我的解释,但没起作用,"这是一种祭祀方式,在建筑物的墙内进行,为的是从某种程度上确保建筑物得以存立。"

"什么?!"他的目光变暗了,这次不再仅仅是一阵慌乱,他的眼中似乎豁然敞开一道深渊,"一种祭祀?"

"是的,先生。"我冷冰冰回道,自己也不知道为什么,"这是我们最古老的传说之一。"

他嘴里的唾沫干了。"您能和我说说么?"他用无措的声音说道,仿佛在祈求我的帮助。

这一刻,尽管他勉强笑着,在我眼中他却骤然疏远了。我相信自己已经猜到了他情感波动的原因。它近在咫尺。我几乎就要碰到它了。还差一点,就差一丁点,它就得见天日。

"故事说的是三兄弟,都是给城堡砌墙的泥瓦匠,但是他们的工作老没进展,因为白天他们刚建好,晚上就被人破坏了。"

"什么?"

啊,原来如此!他激动的原因终于显现出来了。清楚如白昼。就是因为传说里的堡垒与他们夜晚遭破坏的桥十分相似。

我无法再直视他的目光了。

"他们该怎么办呢?"我继续道,仿佛在自言自语,"一个素以睿智闻名的老者告诉三兄弟,城墙坍塌意味着这座建筑，为了伫立于此，需要一个祭品。正因如此三兄弟决定墙葬其中一个的妻子。"

"一个祭品。"他下意识道。

"是的，一个祭品，"我重复了一遍，"因为墙葬某人意味着把他处死。"

"把人处死……"

"当然啦。哪怕只在墙上埋进一个人的影子都足以杀死他了，更不用说……"

"是的，是的。"他近乎发出一声呻吟。

"但是他们必须选择其中一个人的妻子。"我接了下去，"他们商量了很长时间，决定牺牲第二天来给他们送吃的那个人。"

"但是……"他回道。

"他们发誓对各自的老婆只字不提。"

"啧啧，啧啧……"

"您也看到啦，这里'拜萨'又一次出现了。或者说是'拜萨'与背信弃义同时出现。"

"对，'巴诶萨'。"

这个词似乎磨破了他的嘴角，如果从那儿涌出一道鲜血，我绝不会惊讶。

我试着告诉他，就和第一个传说中一样，这里，"拜萨"这一主题的出现又一次确认了阿尔巴尼亚对这首叙事诗的所有权,但他的表情里有份骇人的焦急感迫使我也加快了语速。

"当晚,其中两兄弟,老大和老二,都把约定告诉了老婆,因此他们打破了'拜萨'。最小的那个,他,则遵守了诺言。"

"啊!"他叹道。

"对啊,那两个兄弟破坏了'拜萨'。"我又说了一遍,费力地咽了咽口水。

现在是时候向他解释,在斯拉夫语版本的叙事诗里,对应"他们破坏了'拜萨'"这一句的正是"*违背信仰*"①,也就是"他们违背了教义"。"信仰",这在故事的语境中完全说不通,原因就是阿尔巴尼亚语单词"拜萨"被误译成了"信仰"、"教义",可我看见他脸上的兴奋之情早已泛滥。

"然后呢?"他哑着嗓子问,一把攥住了我的手。

"然后天亮了,当这家的婆婆,同往常一样,想要差个儿媳妇去给儿子们送饭时,头两个知道了秘密的女人,都装作身体不适。于是最年轻的妻子出发去了桥边,她在那里被墙葬了。这就是整个故事。"

我抬眼去看他对这段话有什么反应,却差点没叫出

---

① 原文为斯拉夫语。

声来。盈满他双眼的水被清空了，现在，他的眼窝空荡荡，有如雕像的眼眶。死亡，我想。他的眼睛就该是这副模样。

三十一

最近几天，他经常找我，一见到我，就费尽心思把话题引回两个传说上来，特别是关于墙葬女人的那个。他说这件事的口气，就好像这是半个月前才发生的事，而他正在奉命调查。渐渐地，我也被带进了他的游戏中。一连几个小时，我着了魔一般，陷在幻象里，炙热骄阳下，半显荒凉的工地上，三个泥瓦匠拼命造着永不可建成的城墙。提到这个传说，我们会仔细分析每个细节，努力弄清晦涩之处，并在看起来矛盾的情节间建立逻辑联系。

他问我三个妻子是不是都有孩子，还推测最年轻的那个可能没有，这就更好地解释了为什么她是受害者。但我向他保证三个女人都做了母亲，我为自己上次没把传说的结尾告诉他表示歉意。最后，要被埋葬的年轻女人请求凶手们（我故意用了这个词）把她的一个乳房留在墙外，好让她能给自己的孩子喂奶。对我的疏忽那人看上去很生气，他摇着食指，用近乎威胁的腔调奉劝我再也别出类似的疏漏。当时我们都沉浸在一种古怪的氛围中，他的威胁——换作其他情况我一定不会容忍——竟没对我产生什么影响。我还给他讲了受害人对这座建筑发下的诅咒，那是两行众人皆知的诗句：

我咒这高墙长摇动
如我颤抖在砖石中。

"从技术角度看这很好理解。但是……对于桥来说……不行，没有哪座桥不振动的，况且它们还会一直如此。"

他这番评论丝毫没令我吃惊，但没过多久，他又补充说墙葬某人必须留出空间，这实际上减弱了砖石建筑抵抗外力的强度，这一次，我打断了他：

"但是，请您告诉我，您到底是来搜集传说的还是造桥的？"

"哦，不。"他回答，"我和那群建筑工人没什么关系，只不过常在他们身边工作，我也学了点相关知识。"

一天，他大清早就跑来见我，告诉我他昨晚有了灵感。他自己还半睡半醒,我很难抓住他说的意思。好不容易,我才弄明白他想和我说什么。据他看来,最小的弟弟应该也把一切告诉了老婆,就在祭祀的前一晚。

"这怎么可能?"我问他,"那个年轻女人怎么可能明知等待她的命运还去工地呢?"

"我就知道你会这么反驳,"他说,"但我一切都考虑周全了。没错,所有事。"他靠近我,"你听好了。最年轻的妻子是在完全知情的情况下答应献身的,因为她的嫂子和婆婆让她活不下去了。"

"嗯,"我回道,"有点奇怪。"

"不啊,没什么好奇怪的,"他接着说,"她宁愿去死也不想活在这活地狱里。你能想象同一屋檐下妯娌间勾心斗角会是什么样的情形么?啊,也对,你是个修士。"

"那他呢,"我问,"您觉得他是个什么态度?"

"谁的态度?"

"她丈夫。"

"这我也考虑过了。他当然知道妻子受的折磨,但没想到她已经到了痛不欲生的程度。所以第二天早上,当他看见自己的老婆手里提着装食物的篮子走来,他的血都凝固了。你觉得这个解释怎么样?"

"我不知道怎么说好。"我回答,"您说的也许有道理，但是也很有可能事情根本不是这样发展的。"

老实说，我坚信事实不是这样。每一次他来见我都会带来新的解释。有一次他猜测，最小的弟弟或许确实没有向他的老婆吐露秘密，但不是为了守信，而是因为他不爱她了，这正是摆脱她的一种手段。还有一次，他推测三兄弟或许早商量好了要把小弟的老婆害死，所有苦心导演的戏码，什么城墙需要一位牺牲者啦，都不过是为了给谋杀正名。

他给出的关于传说的解释无不建立在卑鄙无耻、背信弃义与背叛的基石上，每一次他离开后，我都会责备自己意志太薄弱，又听他胡言乱语。最近一次，他不仅把怀疑的矛头指向泥瓦匠三兄弟和两个嫂子，还指向老婆婆，甚至是年轻的牺牲者本人，他给每个人都泼上污泥，死者也不例外，这下我下定了决心要清清楚楚告诉他我如何理解这个传说的意义，还要让他明白我再也不想听到他那些病态的臆想了。

于是第二天，我等着那人来，准备好告诉他，他不过是在白白糟蹋这个古老的悲剧，这个传说的基本思想是任何事业，或者任何壮举都必然会有牺牲，这是个非常崇高的理念，不少民族的神话中都有这个元素。而我们民族这首叙事诗的新颖、独特之处在于，牺牲并没有与一场战争，一次远征，或是一种宗教仪式联系在一起，它只关乎普普通通的修屋造房，或许是因为我们的祖先，佩拉斯吉人①，正如古老的希腊史书所言，是世界上最早的砖石建筑工。

我还要告诉他传说中的血事实上指的是汗水，只不过众所周知，有把人类汗水比作鲜血的习惯，况且汗水是默默无闻的，因此也没人专门为它写诗作曲。所以很自然在这首诗里流淌的汗水以血的形式表现出来。不言而喻，通过挥洒汗水，每个人都做出了自己的奉献，而最小的兄弟则牺牲了自己的幸福。

我迫不及待要告诉他这一切，还有其他许多事情，但当我下定决心开口时，他消失了。我再也没见到他。

三十二

尽管天很冷，石桥那边，工事继续进行着。第二个大桥拱似乎是完工了，现在工人们正在盖第三个。我说

---

① 古希腊人相信佩拉斯吉人是希腊地区的土著居民，荷马史诗、希罗多德、修昔底德都曾提及佩拉斯吉人，他们有自己的文明，分布较广，在克里特岛、色雷斯、阿尔戈斯、哈尔基季斯都有居住，也出现在巴尔干内陆。

"似乎"，因为，实际上，从外面看，那片纷乱的扬尘中，实在看不出什么东西。

接下来的两个星期，没什么大事发生。发黑的旧渡船继续穿梭于两岸之间。摆渡人干瘪得越发厉害，而生锈的铁牌上，"渡船与木筏"几个字也几乎辨认不清了。渡船有两块船板早就被人偷去，但谁也不关心更换的问题。小船很快就破烂不堪，漆黑的河水从缺了两块船板的空隙中露出来，似乎把旅客衬得更加阴沉。

一个潮湿的周日，黄昏时分（这大概是人们会隐约记起的唯一一件事）渡船载了几个面色阴郁的人，他们穿着黑色胡普兰衫，匆匆下了船，仿佛立刻就被浓雾所吞噬。过了不一会儿，又有几个赶路人，穿着相仿的胡普兰衫，看上去同头一批人一样匆忙而阴沉，也唤了船夫过来。整趟航程里，他们只打听了一下先前那群人的情况，就再也没说什么。其中有一个人不停呕吐。

三十三

一天早上，我正沿着结冰的河岸漫步，期望能在某处遇上那个故事和传说的搜集者（当时我还不知道他已经一去不回了），突然发现自己迎面碰上了工事长。寒风吹来，刀一般割过面颊，更仿佛冻住了工事长的双眼，为之蒙上一层珍珠色的膜。

令我吃惊的是，这个冷冰冰、从不与人说话的家伙，竟然向我问好了。直到这时我才发现自己有多渴望认识他。我们交谈了几句，然后便肩并肩在沙滩上散起步来。他眼中的冰纱裂开两三道口子，目光因而变得更加难以捉摸。我猜到和这人交谈不会容易，但不料竟艰难至此。我们的对话东一茬，西一茬，好像专门和惯常的条理对着来，真是一团乱麻，不可能理出个头绪。最糟的是，尽管如此，我依然感到在这个杂物堆里还有某些有趣的东西，甚至是颇有价值的内容，所以我努力思索那到底是什么，可说话间，这份努力又让谈话变得更加艰难。与他分别后，我觉得脑袋都已经裂成两半了。我坐在炉火边，耐着性子，绞尽脑汁想重新组织这堆杂乱的思绪。我开始试着解开这团错综复杂的乱麻，一根一根，仔仔细细，终于，我想我成功了。根本上说，他想告诉我的是如下一段话：

根据相当一段时间来他观察到的种种征兆，在欧洲大陆这一处已经开始模模糊糊，非常模糊地，显现出一个新秩序的轮廓，它将引领世界前进好几个世纪。这些征兆,在他看来,包括,比方说,都拉斯开张的全新银行,不断增多的犹太和意大利高利贷商人,他们现在用二十七种不同货币进行交易,威尼斯杜卡托成为普遍认可的记账货币,商队活动日益频繁,集市的举办,还有特别(哦,上帝啊,他把"特别"这个词放哪儿了),特别,还有公路和石桥的建造。整个进程,据他说,正是一种信号,同时预示着生命与死亡,它是新世界诞生的标志,也是旧世界消亡的预兆。他向我谈起桥梁和这类建筑修建中的困难,说这些话的时候,我觉得他把其中一整座都推倒在我身上,而我正被压在瓦砾之下。苦不堪言!我喃喃自语。劳心费力!他告诉我,在所有毁坏大地面貌的丑八怪里,从没有也绝不会有哪样比死桥更可怕。它们是死胎,是活死人(他的原话就是:"它们终其一生都在死去"),直到轰然倒塌的日子到来(他用的词是"死透了")。他承认自己也造过一些这样的桥,而这些桥会如同幽灵一般在他梦中出现。万一哪天他真有了自杀的念头(他就是这么和我说的),他肯定要吊死在这样一座桥上。就好像这些桥不是建在湍流或悬崖之上,也不为人们的需求连通两岸,而是造在平原正中央,唯一的用处就是做那些贵妇的消遣之地,她们晚上来这儿,或眺望地平线,或和客人散散步。"现在造桥是种时尚,"他说,"以至于许多亲王和帕夏都把它当阳台或游廊。我也建过这类幽灵。"他用手指了指被诅咒的乌亚那河泛着白沫、不断上涨的河水,河水之上,阴沉而肃穆,矗立着未完成的石桥,他补充道:"但是像这样一座桥,哪怕要染上鲜血,也比它们有用一千倍。"

这就是,差不多是,我们一起谈话的内容。

三十四

三月的第一周,工人们发现桥又被破坏了。这次,破坏活动完全发生在水面之下,损坏情况也格外令人担忧。主桥拱脚下有好几块大石都被人偷走了,据说,如果不立刻修复,则可能威胁到建筑的整个核心部分。

造桥工们由绳子吊在结冰的水面上,加紧填补因石块被撬走而形成的空洞。这个任务虽然勉强可以实现,但也极其艰难,因为现在石头要在没有砂浆的情况下正好契合。实际上,修复工作本该等到枯水期再进行,以便能够用上砂浆。但是如果拖到那时候,水流可能会进一步加深缺口,并且由此引发一场灾难。

拱桥新的损伤掀起一阵风暴，各种流言和不祥预感纷纷袭来。人们大老远跑来就为亲眼看看这座招至水神愤怒的被诅咒之桥。受损的地方看不见，反倒让这次破坏变得愈发骇人。

与好奇的游客同时出现的还有一群吟游诗人，其中一些刚从北方公国某个休战的战场回来，另一些则是第一次到这儿。吟游诗人们在两个罗贝尔旅舍住下，每天晚上，都用颤抖的嗓音吟唱古老的歌谣。

有人告诉我，其中一首讲的是泥瓦匠三兄弟的故事，他们中最小一个的妻子，被葬在了城堡的墙里，这座城堡白天建造，晚上就坍塌。我想起故事和传说的搜集者，鬼使神差动身去两个罗贝尔旅舍想要亲耳听听这首叙事诗歌。

那是个阴雨连绵的日子。一整个早晨都下着三月的雨，细腻、绵密。路上布满水洼，在我脑中挥之不去的是失踪了的故事搜集者那双水汪汪的眼睛。

刚听过歌谣头几行，我就确信他参与了创作。叙事歌被改写了。讲的不再是三兄弟为城堡砌墙的故事，而是十几个泥瓦匠建一座桥。所有白天完成的工作到了晚上都会被水神摧毁。桥梁需要一个祭品。"会有来人愿在桥下献身，"吟游诗人唱着，"为了造福千千万万行路人，他们会打桥上走过，无论盛夏或寒冬，乘着大雨，逆着狂风，走向幸福或苦痛，人潮络绎，经世不绝。"

"你听到最新版的歌啦？"旅舍老板问我，"原来的比较好听。"

我不知该回答什么。吟游诗人用颤抖的声音唱着：

　　我愿这桥儿长振动，
　　如我颤抖在墙壁中。

"我昨天听说，那座桥确实常常会轻微颤动。"老板接着说。

我点头同意。一个念头在我脑海里闪电般一闪而过，故事搜集者与建筑师本人一样了解桥梁。

回家的路上，望着一个个水洼，关于那双眼睛的记忆依然在我脑中阴魂不散。远方，黄昏降临，桥也泛着紫罗兰色。"即使它一千次染上鲜血……"建筑师说过。

歌谣所预示的，显而易见，只有鲜血。

一路上，我一直思索着即将发生的祭祀。我很困惑。牺牲者会自己走上桥去么，就像最小弟弟的妻子那样，还是说，他会掉入陷阱？会是谁呢？他为了什么原因要死，或者被置于死地？在我脑中，古老的歌谣与新的混在一起，如同两条枝桠，有人徒然想把其中一根嫁接到另一根之上。前一晚,牺牲者的家里到底会发生什么?他会为了什么理由在一个没有月亮的夜晚上路,如同歌谣里所说,去赴死?

"没人会来的,"我说,也许是大声说,"那个搜集故事的家伙就是个疯子。"但是在内心深处,我怕真的会有人来。他将慢慢走来,脚步轻悄,于黑暗之中,为了把自己的头颅放在祭坛之上。你是谁,你,将要来到的人?我对自己说。你又为什么要来呢?

三十五

几位在两个罗贝尔旅舍过夜的旅客带来了忧心的消息。土耳其人终于迫使拜占庭帝国答应在几个月内交出他们掌控的那部分发罗拉基地,即是半个基地。他们向阿拉尼·科穆宁索要许久都没能得到的东西,现在终于从垂垂老矣的帝国这儿夺来了。目前的情况是,如果这些坏消息属实,那么阿拉尼·科穆宁将从此与土耳其帝国的虎狼之师为伴。不难想象与老虎同笼是怎样的日子。

这条新闻震撼了每个人，尤其是我们大人。阿拉尼，据说，已经向阿尔巴尼亚所有亲王去信，发罗拉亦已宣布进入战时状态。眼下，唯一的慰藉，就是希望这些消息或许只是没有根据的谣传，或者至少有所夸张。

三十六

三月如大水逝去，卷走了日子，也带走了寒冰。人们的记忆中，谁也想不起有哪个冬末如此严酷。关于发罗拉奥里库姆基地的消息被证实了。拜占庭决定将拥有的部分转交给土耳其帝国，决议已经通过特别政令的形式公布于两个帝国的首都：君士坦丁堡和布尔萨。

这条消息引起各地深深的恐慌。听说欧洲王室就不敢相信延续千年的拜占庭帝国竟会允许自己忍受这样的屈辱。有些人为此举辩护，认为对于拜占庭来说，这是目前从土耳其这只恶兽爪下逃生的唯一办法。目前……那以后呢？

人们从发罗拉得知，拜占庭战舰，以及其他军备的撤离准备工作已经启动了。显然，基地将即刻被清空。

斯堪的纳维亚驻兵也准备让位于土耳其兵团。

可仿佛是嫌这几片乌云还不够糟,两个罗贝尔旅舍的吟游诗人们依然不停传唱着应该在桥下进行的那场赎罪祭祀。

拱桥工程依旧进行得热火朝天。自从听过最新的歌谣,听见被墙葬的人,对桥发下毒咒,诅咒它永远振动,我觉得这座桥真的颤抖起来。

三十七

一连好几天,往西去的公路上,不断驶过载满沥青桶的货车。船夫把它们送到对岸,嘴里咒骂着赶车人,柏油和全世界。

听说,发罗拉急需沥青。事情总是这样:一有人看见路上在着急火燎地运送沥青,就可以确定要流血了。

我们四周,我想说的是,修建被诅咒的石桥这件事周遭的一切,都散发出愈发强烈的不祥预感。所有人似乎都在等待。如今,预言不幸的绝不止两个罗贝尔的吟游诗人们。不,现在,处处都这么说,而最奇怪的莫过于，人们谈起赎罪祭祀，仿佛说着天底下再自然不过的事，就像人们谈起雨天和晴天。一场献祭，直到昨晚为止，还不过是歌谣里的故事，如今却突然挣脱了桎梏，猛然临近，在我们之间徘徊，活生生的，如同其他所有出现在我们生活中的事物一样。

在街上，家里，旅舍中，大公路沿途，人们议论着路桥公司的建造者们打算付给自愿在桥下献祭者一家的抚恤金。我完全想不通。昨天为止，公司还态度强硬、咄咄逼人，可突然他们就缓和下来了。到处都在说墙葬人一家会得到的巨款，有人甚至说，除了这笔货真价值的钱款外，这家人还可以在很长一段时间内分享过桥税，就和其他出资赞助桥梁建设的人一样。另一些人还有更加离奇的细节要提。发给牺牲者家庭成员的抚恤金，似乎已经经过仔细的研究，并考虑了各种可能性。他们预想了一切状况，从祭祀的牺牲者是孤身一人活在世上（这难以置信，但毕竟是可能的，这种情况下，抚恤金将被用来在桥下给牺牲者立一座纪念碑），所以，从牺牲者是个孤儿，到他是个穷人，结了婚，有十几个孩子的情况都被预想过了。所有价目，听人说，都已经白纸黑字写明，依法盖章，以便打算自我献身的人能够提前知晓。

所有这一切对我来说都像个怪异的梦。这是我们闻所未闻的事，一场明码标价、有印章和利率的死亡。这让我晕头转向，不明所以。我想起路桥公司代表团对我们大人说的话，故事搜集者和桥梁建筑师说的话，我努力在几者之间建立联系，但越是绞尽脑汁，就越深陷泥潭。牺牲的价目把一切都搅乱了。

时而我对自己说：或许这就是那次难忘的对话中，建筑师对我说过的新秩序的预兆。他那堆杂乱的话语中似乎充斥着各种契约条款、账目、货币兑换还有利率，高于一切的利率。甚至超越了死亡。

三十八

致命的重量压在我身上。我被压垮了，倒在数根石墩之下。一个石拱从我的腹部伸出去，另一个，在喉咙上，我奋力往外逃，却做不到。我唯一能做的，只是发出一阵轻微的，极尽轻微的颤抖……啊，是啊！我对自己说，这不就是歌谣中说起的永恒颤抖么。我觉得有一声呐喊冒到了嗓子眼。它拼了命想掀起石拱冲出去。却被石拱牢牢攥住，像我一样，动弹不得。这酷刑持续了很久。然后，不知怎的，我体内有个东西挣脱出来，我终于可以动弹了。但是，与此同时，因恐惧紧闭双眼的我，感到石桥的碎片在身上分崩离析。

我醒了，一身冷汗。卧室又湿又热。我起身去开窗。窗外，暖雨送来一阵风。即便不看也猜得到，天空如同铺了沥青一般。无声的闪电四处闪现，一道道撕裂如巨毯一般静谧的天空。

"我的上帝啊！"我大喊道，然后又躺下身，却睡不着。有几个懒散的念头，仿佛刚刚摆脱严冬的困顿，包裹在光鲜的谎言之中，在我体内某处蠢蠢欲动。我不知道自己这样僵着过了多久。当我终于睁开眼睛，曙光已经升起来了。有人在敲大门。叩动门环的声音听上去有些焦急。天空布满云朵，但并没我想的那么黑。春天，我告诉自己，骤然来临，充满生机。

门口站着住在附近的两个村民，面无血色。他们的眼神涣散，眼睛四周布满血丝。

"发生什么啦，"我问他们，"你们怎么了？"

他们举起手，放在喉咙上，似乎想从那儿扯出几个词来。

"桥，吉恩……在第一个桥拱下面……他们把穆拉什·赞内比什埋在墙里了。"

"你们疯了，这不可能！"

我再说不出话来，甚至想都不能想。但是他们看起来，早就在我之前停止了思考，眼巴巴盼着我的帮助。片刻之后，动身前往石桥的路上，我镇定下来。这不只是一段路，更是一场挣扎沉浮，包括我在内，我们三个人，犹如三件破衣服，飘摇无依，任由风吹去。

我认识穆拉什·赞内比什。普通人里很难找出比他更不起眼的了。遭难之前，他无论长相、身材、生活都普普通通。我接受不了这个事实，墙葬的离奇命运落到了他的头上。这比变成个伟大领袖，成为一座丰碑更过分。在他与我们之间塞进了砂浆与传奇。

远远地，我看见一小撮人聚在桥底下靠近一侧桥拱的地方，就是顺着水流方向右边的桥拱；墙葬者应该就在那儿。

走近事发地点的时候，我拼命，我也不知道为什么，拼命去回忆穆拉什·赞内比什那张毫无特点的脸。哦上帝呀，我竟然想不起他的样子了！那张脸在两股水流间游动，带着一抹极不协调的诡异微笑。

那一小群人默默分开，为我让出中间的位置。没人向我问好。他们都呆在那儿，杵着，直得好像教堂里的大蜡烛，在身后石桥的衬托下，他们显得出奇渺小，石桥弯起一道拱，肃穆而冰冷，横驾于众人之上。

"他在那儿。"有个低沉的声音对我说。

他在那儿，苍白好似面具，刷着石灰，人们只能辨认出他的脸、脖子和一部分胸脯。身子其余部分，胳膊、腿，都消失在墙中。

我无法把眼睛从墙葬者身上移开。随处都能看见还没干透的砂浆的痕迹。他们还加建了一面墙，用来护住牺牲者（在桥墩里埋上一具尸体会减弱建筑强度，故事搜集者说过）。两块厚木板安在死者的下方，作为新建墙面的基座。

墙葬者仿佛是从石头里长出来的。他的根系，他的腰腹、腿脚、躯干都在里面。只有一小部分身体冒了出来。

"什么时候？"一个人刚到，用微弱的声音问。

"大概是午夜。"

"他吃了很多苦么？"

"不，完全没有。"

我察觉身边有一声呜咽。这时我才注意到他的妻子也在。脸上布满泪水，怀里抱着个不到一岁的婴儿，嗷嗷待哺。她不顾在场的男人们，露出一侧满是奶水的乳房。她的泪水落在巨大的雪白胸脯上，当乳头从婴儿嘴里滑出来时，泪水又和奶水混在一起。

"他很平静。"有人向伯爵的一个书记官解释说，他是来这儿询问情况的，"他又确认了一遍合约的条件，然后就……"

一旁的泥瓦匠为墙葬者浇上石灰水。乳白的液体从他僵硬的头发上流下，流过额头，给他睁开的双眼带来一瞬光芒，随即就熄灭了，有几处，石灰水扭曲了他脸部的轮廓，而后淌过他的脖子，消失在墙里。

"为什么要浇这个？"有个声音怯怯地问，但没人回答。

显然，他时不时就要浇上一次，因为那个泥瓦匠，在把桶里的石灰水全部浇在死者身上之后，又去重新灌了一桶。

女人的抽泣声，中断了片刻，又响起来，哭得更厉害了。

"他没和任何人说他的计划吗？"我低声问她。

她摇了摇头，又喃喃说：

"没有，谁都没有。"

直到这时我才注意到他的其他家人也围在她身边。有墙葬者的父亲和母亲，还有两个兄弟和他们的妻子。所有人都表情僵硬，仿佛他们也被永远灌上了石灰乳。

"谁都没有。"他的妻子重复道，可我却再也见不得她的双眼，只要她的眼中还盈满泪水。

伯爵的书记官也问了她一个问题，她简要回答了。然后书记官转向我，想对我说什么事情，但我的目光固定在墙葬者身上,就在他脖根处形成的那条小缝隙上,那里……

但是此刻,泥瓦匠,提着木桶,又来给死者浇石灰,石灰水流过他的额头,在一瞬间点亮他的眼睛,然后又将其熄灭,灰白、不屑、盲目而冷漠,石灰水流过他的脖子,迫不及待染白我无法移开视线的那一块儿。

婴儿又没含住乳头,他不住哭闹着。我向母亲询问他们最近是否手头拮据。

"不,"她说,"最近这段时间,他挣得足够了。"

最近这段时间,我暗想。和许多当地人一样,他在石桥这里帮工,应该有一份微薄的薪酬,正好和他整个生活水平差不多。

伯爵府又来了个人,我听到身边喃喃着同样的话语。

"什么时候?"

"大概是午夜。"

我有种印象,这些人呆在这儿,杵着,僵了似的一动不动,而这些话,每个新来的都要说,一遍遍重复,直到世界末日。

"最近一段时间,他很消沉,"他的妻子在我肩侧说,"他似乎很苦恼,很焦虑。"

"那昨晚呢?"

"尤其是昨晚。"

又一次，我的眼睛直盯着墙葬者的脖子，盯着脖子底部那条小缝，仿佛那儿会冒出个什么东西，一个幽灵……一个……我不知道怎么表达。但泥瓦匠，以他惯常的动作，又向墙葬者浇了一整桶石灰乳。白色的水，真正的传说之水，在他身上流淌。

"特别是昨晚。"她重复说，"将近凌晨的时候，我记得他在我身边翻来覆去。然后，等天亮了，我醒来时，他已经不在了。"

她的乳房又一次从婴儿口中滑出来，奶水滴在土里，但她似乎并不在意。

"你们需要钱吗？"有人问她。

"噢，您知道！"女人答道，"我们和所有人都一样。"

死者的双亲一直站在那儿，被一小群人围着，默不作声。现场只听得见工人往桶里装石灰时，木桶发出的当当声。我目瞪口呆。哪怕现在这个人用石灰把我们挨个儿浇个遍，我也不会惊讶一丝一毫。

三十九

　　那一天和接下来一天,这幅景象一直纠缠着我。我觉得他睁开的双眼,凝固在一层薄石灰下的双眼,出现在我身边的所有墙面上。无论什么墙都令我恐慌,我竭尽所能不去看它们,可显然是徒劳。直到现在我才见识到墙在我们生活中占据着怎样重要而强势的地位。人无法摆脱它们,甚至比逃离自己的良心更难。走出修道院也无济于事,在外面,或近或远,总有墙在。
　　层出不穷的猜想,让我觉得脑子要炸开了。如果确实,像所有人说的那样,他是自愿牺牲的,他的真实动机是什么?是想用公司给他的那一大笔钱保证妻儿过上舒适的生活么?换做任何人我都会相信,但唯独不是穆拉什·赞内比什这样的老实人。有几次我对自己说或许他决定自杀,是为了逃避家庭纠纷(人们很难想象生活在一起的妯娌能造出怎样的地狱来),但是,在这家人身上,这种解释也没什么根据。谁都没听过有人嚼赞内比什家的舌根。还有几次,我问自己,无论他献祭的原因是什么，他有没有把这个计划告诉妻子。而，如果他说了，她同意么？这也不怎么可信。另外几次，我告诉自己他或许不爱妻子了。他时常半夜出门，而她不知道他去哪里。有时，她会止不住猜疑。

我当然明白这种看待事情的方式很卑劣，但，虽然知道如此，我还是从搜集故事和传说的人那里借来了这一整套理论。我极力避开它们，就像我努力躲着墙，可这些念头就是困扰着我。

他有时会半夜出门……他妻子说的是实话么？所有人说的都是事实么？我本来应该，和其他人一样，相信他们，但是墙葬者脖子上那一块儿，他脖子与前胸相连处的那一块儿，把一切都颠覆了。有三次，我两眼盯着他身体上那一点，因为有三次我都觉得，在那层石灰之下，正渐渐印出一个淡红的点，非常淡。可是，接连三次，拎着木桶的人都在我双眼能看清那个红点之前给墙葬者浇上了石灰。

"够了。"我自语。所有谣言不过是胡编乱造，是谎言。这就是一场谋杀，别无其他。穆拉什·赞内比什是被人害死的。有人在午夜前后蓄意杀害了他，把他埋进墙里。他的伤口，或是伤口之一就在脖子和前胸的连接处，而这个男人时不时给他浇石灰水，就是为了遮住可能再流出来的血。这是一起由造桥方实施的谋杀。

但是穆拉什·赞内比什是怎么大半夜跑到石桥来的？我大声问道，因为我很得意自己能清清楚楚回答这个问题。他有时会半夜出门……这样的话，我们就自己解决他吧……那天，在伯爵府邸，那帮人曾经无意间说过这番话。显然，穆拉什·赞内比什的命运自那一刻起就已经被决定了。陆上集团发现水运公司雇了个人晚上去破坏石桥。这个人就是不起眼的穆拉什·赞内比什。有三次，他都完成了破坏任务，没被逮到。第四次，却被当场抓住，然后置于死地。最近一段时间，他很消沉，似乎十分焦虑……那么前一天晚上呢？前一天晚上尤其如此……当然啦，他感觉身边的包围圈越收越紧。吟游诗人们四处唱着他的死亡。他只剩一条出路：停止破坏行动。但是，显而易见，"渡船与木筏"的人可不会眼睁睁看着契约作废。他们既然网住了穆拉什，就不允许他退出。摆在他面前的有两种选择：要么逃，要么继续走这条不归路。显然他选择了后者……啊，他感到焦虑。那前一天晚上呢？前一天晚上尤其如此。也许这就是他从水运那伙人手里接到的最后一次任务？同前几次一样，他将近午夜出门。在离桥很远的地方下了水，游到桥边，尽量不发出声音。夜色很暗，没有月光。随后发生的事将永远无人知晓。他是如何被抓捕、被处死，我们一无所知。那伙人立即杀了他，还是先审问了他？他们威胁他，还是恰恰相反，用温和的手段，让他放心，还劝诱他，说他的妻子将会获得一大笔抚恤金。又或者事情兴许根本不是这样发生的？从没有过威胁的狠话，也没有软话，他们只是一言不发，杀了他，所有一切都在沉默中进行，在那里，在第一个桥拱下面。说到底，他们执行的是一场在空中飘荡已久的谋杀。其中喷涌而出的鲜血早就弄脏了我们每个人，而本该引发的惊恐尖叫也早已耗尽了。

水陆双方的漫长角力以后者的胜利告终。"别试图毁掉我们，因为你们能得到的只有死亡。"这就是第一个桥拱发出的呐喊。

我坚信这一切。但我的大脑直到最后一刻依然拒绝屈从，不断默默编造出一连串没完没了的猜想。

如果事情真是这样，如我倾向认为的这样，接下来的问题就是穆拉什·赞内比什的老婆知不知道他和"渡船与木筏"公司有关破坏活动的合同，如果知道，她会是什么态度。但在这之前还有个问题：是什么促使穆拉什·赞内比什和"渡船与木筏"合作呢？缺钱？他有份不错的薪酬。他的兄弟，都是泥瓦匠，和他挣的一样多。

我感觉所有思绪都在脑袋里乱糟糟搅成一团。我知道自己已经陷入一个绝对走不出去的迷宫。我不断回到起点,并且绕着它打转。他的妻子是怂恿他这么做,还是反过来,阻止他这么做?这两种可能性没有一个能被排除。也许她想要更好的生活,想比她的嫂子们穿得更体面,想买些漂亮的衣服首饰。但她也完全可能看着她丈夫说:我们要这笔该死的钱做什么?幸好,我们什么都不缺。他有时会半夜出去……不止一次,她都表现出猜忌之情。有没有可能他真的想拿这笔钱和另一个女人一起花呢?他半夜出门……这件事可能有两个原因:要么他是去搞破坏的,要么他是去会另一个女人的——又或者一次二者兼顾。另一个女人,而不是日常生活的变故,更可能促使他冒险。啊,他的妻子怀疑了?他也许是借口石桥的活儿出门的,但这并没有打消妻子的疑虑。也有可能其中某天晚上她跟踪他,并且发现了他的另一个秘密,震怒之下(或者是镇定地,谁知道呢?)她向建筑者告发了他。

无论怎样,无论事情到底是怎么发生的,事实是石桥的主人蓄谋杀死了穆拉什·赞内比什,然后把他埋进了墙里。整桩罪行只有一个目的:散播恐慌。

他们把一切都算计好了。他们肯定仔细研究过可以掩饰这桩罪行的所有方案。在没有桥,甚至连造桥的计划都没有时,他们就着手这项工作,派人去被诅咒的乌亚那河边,假装癫痫病发作。那时桥不存在,造桥的计划更不存在，有的只是这份恶。它铺砌了道路。死亡自然如影随形。

在野蛮的对决中，敌对双方，"渡船与木筏"还有"路桥"公司都利用了我们的传说。前者借它图谋破坏石桥。后者，用同样的方法，策划了一场谋杀。这些外国人远道而来，一方来自河川，一方来自草原，双方都携着罪恶。

他们用做账的双手操纵我们的传说，随心所欲进行删改。他们夺去传说崇高的真意，让它为粗俗的谎言服务。

当初谁能想得到他们会带来这一切，这帮外来人，一方从西，一方从东。

四十

这段日子来，人们唯一的话题就是穆拉什·赞内比什蒙难。他们讲最离奇的故事，传最荒谬的流言，一遍遍复述赞内比什所谓的最后遗言，他的愿望是将双眼留在墙外，好让他能看见自己的孩子（也有人说不是孩子，是桥），诸如此类。不可胜数的谣言将每个人的情感，以及他们对于生命、死亡、家庭、责任、婚姻、神明的种种看法加诸赞内比什身上。但是，它同时折射出了每个人性格中都有的暴戾、冷漠或懦弱，反映出一种普遍的精神状态，这就像是季节，撇开个别特殊日子不谈，一个季节总是具有统一的气候特征。

墙葬人所处的第一个桥拱附近一块沙地上，总聚着一小簇人。从早到晚，都有个看守在那儿放哨。死者的面容，乳白色的石灰面具，打第一天起就没有受过任何损害。现在石灰已经干透，也没人再向他浇水了，这白色就变得让人难以承受。有人说如果在月光下看他一眼，就可能丧失理智。

他的亲戚，年迈的双亲，兄弟和他们各自的妻子，他年轻的遗孀和孩子，每天都来看望，整整几个小时呆在那儿，站着，一言不发，无论雨中或阳光下，眼睛盯着墙葬人。他的双目睁着，覆上一层石灰膜，映照出死亡所独有的缄默、寂静与不可挽回。头一个星期，他的父母老了一百岁，而他的兄弟，他们的妻子甚至孩子都似乎生出了消抹不去的皱纹。可他呢，靠在桥拱之上，就好像枕在光滑的石枕上一般，他呆在石灰帘子后面，显得比鬼魂还要渺远，他就从这道帘幕之后，凝视着眼前发生的每一幕。

当人稍少一些,或者没人的时候,傻子吉洛什就会走近献祭的地方。他定在那儿,面容呆滞,因为不明白到底发生了什么而饱受折磨。他脚步缓慢地接近墙葬人,钻到他身边,压低声音对他呢喃:"穆拉什,穆拉什。"希望对方能听到他的话,然而,在重复了好几次后,他垂着头,离开了。

老阿伊库娜直到一个星期后才过去,一连好几个小时她呆在第一个桥拱下,一言不发。即使在最老一辈的经验里,也找不出对这些事情的解释。又过了几天,大家才发现,一个未埋葬的死人,不仅对他家人,对当地所有人来说,都是沉重的负担。这个事实超越了生与死的传统,跨在二者之间,仿若一座桥,不倾向任何一边。一个人堕入虚无,却留下形骸,如一件被遗忘的外衣,挂在桥上。

形形色色的人,从较远村庄赶来的好奇村民,大公路旁旅舍里落脚的朝圣者,还有环游世界的外国富豪和他们的妻子,所有人都从四面八方而来,想看看那个未被埋葬的死人(最近一段时间,在大公路多段集中翻新后,这类游逛成了种时尚)。

人们在第一个桥拱停下,目瞪口呆,面白如蜡,嘈杂的议论声里,他们用各自的语言交谈,手上打着比画,没人能从中猜出他们到底是庆幸还是诅咒抵达石桥

107

的这一刻。而独自面对人声鼎沸,冷漠,空洞,无动于衷,封在石灰里,穆拉什·赞内比什看上去似乎披着新娘的白纱。

那是四月初。日子晴朗,桥上,建造工程从未进展得这般如火如荼。可以说这个死人起到了刺激作用。第二个桥拱已经彻底完工了,工人们正在盖第三个拱的拱顶。他们逐步撤去中央桥拱的支撑模架。去年,污泥把周围一切弄得脏兮兮,现在,泥渍已经消失了。如今,经过打磨的石块扬起一阵精细的飞尘,呈现出典雅的白色。它们装点了乌亚那河两岸,有时,满月的夜晚,它们闪烁于两岸,宛若梦中。

四月一天夜里,月光下,路过河岸时,我碰巧遇到了工事长。我有很长时间没见过他了。我们交谈了几句,完全是废话,没有内容,轻得像随风飘转的羽毛。我们这样闲聊着,像梦游一般,突然,我竟冒出一个疯狂的念头,想要揪着他的领子,把他按到桥墩上,当着他的面对他吼:你那天告诉我的新秩序,你们的秩序,银行和利润的秩序,那个所谓要把时间推进一千年的东西,根底都浸在血里,和过去的野蛮制度一样,和奴隶制度,和现在亲王老爷这套制度一模一样,唯一的区别就是现在血流在账本里,淌在数字间。你明白我说的么,就在数字里!你们的账目是可怕的灾难,和它们比起来,长枪巨斧砍出的伤口不过是孩子挠的擦伤罢了。生出你们的世界真是可怕透顶!

四十一

很少有如此晴朗的春天。融雪使被诅咒的乌亚那河河水上涨。但尽管水势已盛,尽管重返青春,乌亚那河却依然没有对石桥发动猛烈追击。它似乎忽略了这桥。在死人脚下,河水一度翻起浪花,拍击石墩,可一旦流过此处,它就立即平静下来,似乎看到墙葬这一幕,就安了心。只留下冰冷浪尖上的一点波光,不无刻薄地嘲笑着。

经过整个春天,直到初夏,建设都进展飞快。第三个桥拱已经快要完工了,工人们正在桥的右侧开凿一种类似圆形小窗的窗口,应该是在涨潮时当作辅助拱来用的。

一整座桥上都回荡着石匠锤子与凿子的敲打声和板车的吱嘎声,车子将最后一点砂浆运到工地上。

在这片不绝于耳的嘈杂声里,在河水的咆哮中,立着穆拉什·赞内比什,他依旧如石灰一般,白得陌生,没人知道在这石灰面具下,他脸上的肉有没有腐烂,还是同砂浆一道凝固了。

他的家人还是会来看他,但停留的时间越来越短。关于墙葬的一切太过诡异,让他们一度陷入极度混乱中,等过了一段时间,这家人稍稍平复过来,才发现没有照规矩为死者哭丧。他们试过补救,却做不到。哭声卡在喉咙里,理应伴着哭声的悼词也说不出口。于是他们试着请专门的哭丧妇去做,但哭丧妇也一样,尽管就是干这行的,依然发现自己哭不出来。"他不想有人为他哭丧。"穆拉什的父母最终得出这样一个结论。

自打穆拉什死后已经过了一段时间,他的亲人一会儿觉得他能像这样活在眼前是种福气,一会儿又觉得这是最沉重的诅咒。除此之外,现在,他们再也不一起来看穆拉什了。他的妻子,怀里抱着小的,常常独自前来,而且只要一见有人靠近,就会离开。据说,为了抚恤金的分配问题,亲戚间私下里有了争论。

与此同时,远道而来的参观者们,特别是有钱的外国人,依然络绎不绝,就是为了看看墙葬者,这似乎使两个罗贝尔旅舍的收入有了极大的提高。

四十二

夏天过去，快得惊人；或者更确切点儿说，本来最炎热的日子还一如三伏天的蝉鸣，似乎会无限延续下去，但八月的最后几天，乍然吹起一阵冷风，转眼秋天好像就到了，正在树篱后面暗自窥伺。

天空布满乌云。到山区休养的伯爵携家里人回到城堡。石桥四周，吵闹的榔头声日夜不绝于耳。工程将近尾声。工人们正在做左侧小窗的拱顶收尾工作。

九月初一天，伯爵的女儿来看墙葬者。我很长时间没见过她了。她长大了。现在已经是个年轻女人。我怕看到死者她会受不了。但她凝视着死人，看上去倒没有非常慌乱。离开时，她显得虚弱，有些绝望，当她走上沙滩，人们纷纷扭过头来看她。他们知道正是这个纤弱的女孩导致我们大人和强大的土耳其帕夏之间关系遭遇严寒，哎呀，现在帕夏变成我们的邻居了。

也许是因为她成长的这段时间，也就是过去几个季节，日子一直动荡不安，大家还没来得及传出什么关于她和白马王子的故事，王子翻越七重山岭，只为与美人相见，对所有名门少女来说，故事大都如此。但是，人们虽然在这类流言蜚语上放了她一马，却相反，赏了她一个可怕的绰号，这个外号，不知怎的，已经几乎远近闻名。人们管她叫"土耳其新娘"。我经常问自己这个荒唐的外号到底从哪儿来。它压根儿毫无根据。甚至与事实正好相反，却依然大行其道。没人能说清它的诞生到底是出于好心还是恶意。它介于二者之间，这也许就是为什么这个称呼听起来既对又错。这个年轻姑娘并没有嫁给土耳其人，虽然如此，人们还是把绰号给了她，就好像，这件事情上，重要的是求婚本身，即使她已经拒绝了。大家之所以叫她"土耳其新娘"，仅仅因为他们向她求了婚，因为他们远远觊觎过她，因为他们在那儿摇动东方黑色的面纱，用来遮住土耳其女人面容的面纱。

这个外号让我不寒而栗。为什么大家还要用它，既然土耳其人都被回绝了，为什么这称呼没有就地消失？这份继续存在的威胁，这次依然回荡在空中的求婚，意味着什么？有时我会告诉自己：这不过是个无心的绰号罢了，与其说可怕，不如说逗人发笑，它不值得我老这么费脑筋，但是过了一会儿疑虑又重新占据我的脑海。可不可能所有这一切已经超越了这个年轻女伯爵的命运？可不可能人民的思想已经隐约，非常隐约地预感到了所有阿尔贝里姑娘的命运？要是没有这一层深意，这个令人发憷的绰号不可能诞生，更不可能存活。

这就是萦绕在我脑海的种种思绪，我对自己说：啊！可怜的姑娘，她如此高尚，近乎无瑕，真希望她知道自己和女管家在沙滩上散步时，我在想些什么！

四十三

时局动荡。没有关于发罗拉附近的奥里库姆军事基地的确切消息。传言说老科穆宁早死了，但介于基地出现的最新情况，他的死讯被隐瞒下来。人们还窃窃私语许多其他传闻。比如有人说，土耳其大苏丹王退回小亚细亚腹地深处去独自冥想了。也许这就是为什么土耳其人现在好像睡着了一般。

他们没显示出任何生命迹象。只是，有一天，是个周末，有人又看见一个苦行僧缓缓走过寒冷的平原，独自一人，饱受冷风侵袭。他光着脚，像所有流浪的僧侣一样，浑身积满灰尘，连身上的破衣服都几乎和头发混为一体。沙岸上，他驻足第一个桥拱前，在墙葬者身前伏倒，用低沉而极尽绝望的嗓音，唱起一段伊斯兰祈祷文。随后，他又不知向着何处重新出发，穿过广袤的平原。

四十四

　　石桥竣工前几天，两个工头中有一个，准确说是胖的那个，染上了令人作呕的罕见疾病。他身上所有毛发都脱落了。其他人把他关进小屋，竭力对他的病保密，可这事根本藏不住。傻子吉洛什整天绕着木屋转悠，一只眼凑近裂缝想要看出个名堂，换一只眼睛，点点头，仿佛他已经明白发生了什么。老阿伊库娜说这只不过是上帝惩罚的开端。在她看来，凡是参加了该死的造桥工程的人都会先掉光毛发，然后失去眼睛、鼻子和耳朵，最后的下场是眼睁睁看着身上的肉一块一块掉下来。

四十五

十月中旬一日清晨,石桥一觉醒来,彻底完工。人人都知道工程进入了最后阶段,但那天早上,石桥的样子仍然超乎众人想象,堪称奇迹。原因是,直到昨天,绝大部分建筑还被脚手架遮着。下午过后,工人开始撤去支架,就像剥开玉米穗外的苞衣,这项工作持续了一整晚。现在,白日惨淡的熹光下,浑浊的河水与阴云密布的天空之间,石桥突然现身,通体纯白,周身不着一物。它纵身跃然于深渊之上,延伸而去,似乎展翅腾飞,但甫一越过河床中央,它又任由自己落下,似是滑翔于梦中,它轻轻蜷起背脊,前额触到另一侧高耸的岸边。美得宛如梦中幻景。石块上的细孔仿佛在呼吸,散发出光芒,就和鲜活躯体上的毛孔一样。被置于土地与河水的敌意中,如此一座石桥,却从存在的那一刻起,就试图重新组合周遭的一切。有了它,河中浪花泛着白沫的浪尖就排布得更美,对岸山丘上的野石榴树和天边两抹小小的云朵亦然。所有景物都努力改变好与它融为一体。

所有人都惊讶于此，站在两岸高处凝望着石桥，瞠目结舌，仿佛它是一份罪恶之美。所有人都为之倾倒，甚至没人再去看一眼造桥方的车队，他们正准备启程。谁都无法相信这帮带着一堆杂物的乌合之众，这伙流浪汉，这群结巴、骗子、酒鬼、驼背、恶棍、杀手云集的残渣废物，竟造出了一座石头奇观。

远处，好像是察觉到了他们对石桥来说忽然成了陌生人，造桥工们收起他们的破衣服、工具、凿子、推车、榔头和匕首。他们把东西装进篷车或驮在骡背上，而当我最后一次看着他们忙得团团转，我发现自己迫不及待想见到他们离开，越早越好，离开这座桥，但愿从此再也听不到这些人的消息。

四十六

最后一队建造者于一周后离去。他们在货车上堆满沉重的工具，巨大的铁桶，一堆杂乱的废铁、锁链，还有活像巨型棘轮①般吱嘎作响的齿轮。患病的工头被放

---

① 打击乐器，通过齿轮齿牙与薄木片摩擦敲击发出"啪"声。

在一辆封闭的篷车上,他们一直藏着他不让人看见,那副惨相,据说,绝非人眼所能承受。

废弃的沙滩好似一片断壁残垣。小木屋半塌半毁,其中所有可能有用的东西都被拆走了,木板碎片和坏掉的工具散落得到处都是,已经凝固的残余砂浆,成堆的碎石,装着一半水的石灰坑,所有这些都在摧残视觉。似乎被诅咒的乌亚那河右岸已经永远毁容了。

显然,建筑师注意到我正盯着他们,在登上马车前,他离开同伴,走来见我。他什么也没对我说。只是从口袋里掏出一张纸片,在上面用铅棒草草写下几个数字,然后就开始向我解释——我也不知道为什么——让石桥屹立不倒的力平衡原理。我瞪大眼睛,因为这方面我一无所知,但是,杂乱无章说了一通之后,他相信自己已经告诉了我什么是桥与反桥。

傍晚时候,最后一辆车启程了,工地则陷入可怕的寂静。我手上还拿着建筑师那张纸片,画满线条和数字,也许真的说明了哪些力会帮助桥伫立,哪些会将它摧毁。落日在桥拱上闪烁着余晖,而石桥仿佛一个可笑的梦,为两岸所共享。白色,被时间所抛弃,它看起来非常孤独,用石头手脚紧紧攥住它唯一的猎物,穆拉什·赞内比什,他死去,为了平息地与水之间的纷争。

四十七

到底发生了什么?他们走了,现场只余下一片难以承受的平静。无声。虚空。甚至可以说有如鼠疫爆发。

没人过桥去;甚至连傻子吉洛什都不走。寒风扫过石桥,从桥洞里钻进又钻出,然后连风也静了,徒留石桥悬在空中,格格不入,一无所用。人类的脚步,本应寻它而来,现在却避免接近石桥,逃到两侧,向后退去,躲得远远的,去寻找可以涉水的浅滩,压低声音招呼船工,他们准备好游过河去,准备好冻僵在水里,准备好淹死,就是不愿意踏上石桥。没人愿意从死人身上走过。

就这样,第一周,接着第二周过去了。这堆石头盼着。凹陷的桥拱如饥似渴。踞于桥拱之上弯曲的脊背渴望感受踏上它的脚步,无论谁都好,流浪汉、女人、游牧的蛮族、婚队、芸芸大众,或是行进中的皇家军队,两个、四个、二十四个、一百个小时前行不息。

但是没人在桥上走。这很能说明问题：发生如此多的不幸，挥洒如此多的汗水，就是为了这么个结果么？

第二个星期，雨下个不停。那段日子里，石桥绝望地浸在雨中。

然后雨停了，天又变得阴冷起来。第三周就这样开始了。一阵风呜咽着低低徘徊在荒芜的大地上。周二下午，夜晚将至，有人看见一匹狼穿过桥去，轻手轻脚，就像故事里说的那样。人们无法相信自己的眼睛（有人更倾向于认为走过去的是某个人，挥着斯库莱伊家族的家徽，大家都知道那上面有只狼），而那只野兽迅速窜向了远方，在那儿，风也似乎驻足不前，发出怒号。

之后几天宁静无事。阴霾的天空笼罩了一切，仿佛明天就是世界末日。一个下午，老阿伊库娜，身后跟着一小群人，向石桥走去。没人知道她打算干什么。她在石桥脚边停下，停在右侧窗的下面，然后将手，还有耳朵，贴在石头上。她这样保持了很长时间，而后从手边抬起头说道："它在颤抖。"

我想起当初那个癫痫病发作的家伙。他确实把颤抖传给了拱桥。

很多人都认为桥会自己垮掉。时不时，我拿出建筑师草草写下几个神秘数字的纸片，不安地端详，许是想从那儿找出它不安的原因。

真希望建筑师能在场,自己看看这惨状。

这座桥好像会被弃置上百年,但十月二十九日,这种状况却出人意料戛然而止。突然间,公路,四周的原野,沙岸之上都响起震耳欲聋的轰隆声。人们纷纷跑出来,惊慌失措,想要看看发生了什么。老公路上,一条黑色长队,好似一只爬行中的钢铁巨兽,正在前行,那是一支运货的马车队。它向石桥走去。我们所有人,站在河岸上,呆在原地,一动不动,仿佛等着厄运降临。第一辆运货车,加快速度,开始攀爬缓坡。当铁轮走上石板路时,发出的声音变了;货车驶在第一个桥拱前的圆窗上方,接着走过死者上方,继续向前,不断向前,通过第二个桥拱前端,走向桥中央。它身后跟着第二辆车,接着是第三辆,接二连三,一条长长的运货马车队伍,每一辆都装着载满沥青的黑色铁桶。

队尾还在桥上的时候,人们就弄清了车队运送的是什么又要往哪儿去。它们专运沥青,正朝着发罗拉的奥里库姆军事基地进发。

我们久久盯着车队,时不时把目光收回桥上,石桥毫发未伤。

不祥的车队一过——柏油车队,两个罗贝尔旅舍的一名客人这么叫它——我们就得知了科穆宁的死讯,巴尔沙二世的军队占领了整个公国,还有半个奥里库姆。

我们的伯爵，由随从护送着，动身去参加老亲王的葬礼。他应该还在路上的时候，正如闪电刚过雷声紧随，我们又收到了新消息，更加令人绝望：拜占庭驻军终于完全撤出了海军基地，让位于土耳其军队。

显而易见，战事临门了。

四十八

伯爵从科穆宁的葬礼回来，脸色比临走时更阴沉。几乎阿尔贝里的所有爵爷们都出席了葬礼，但即使围在老亲王的棺材边，兴许是最后一次聚在一起，眼前这一幕似乎也没能使这些个老爷们清醒些，让他们最终达成一致，协力救国。

这段日子来，寂静重新盘踞我们上空。四周没传来任何消息。十一月的头几天很冷。现在，又没人从桥上过了。有一天，发生了件稀罕事，几只受惊的母羊跑过第一个桥拱；它们本想掉头回去，没成功，于是便撒开腿跑过了整座桥，六神无主的牧羊人则在岸边挥着手杖，呼唤船夫的名字，最后终于，虽然我也不太清楚怎么的，到了对岸。

这是十一月初唯一值得一提的事情。零星的野草生长，从弃置于石桥两侧成堆的沙石间冒出头来。大自然给出头一个信号，它准备慢慢地，极其缓慢却锲而不舍地，从大地表面抹去造桥方在被诅咒的乌亚那河两岸留下的所有痕迹。

寒冷把日子都冻僵了，连带着天边几朵白云，纹丝不动，沉闷无声，沉闷无声。依然没有任何消息。遥远的地方，有个叫中国的国度，据说正准备造一道雄伟的城墙。欧洲中心则再次鼠疫肆虐。

当月十一日，我奉命出使本国边境，与土耳其帕夏辖地接壤的地区。任务完成后，我一连几个小时呆在那儿，望着土耳其帝国的边界。我不敢相信它就在我眼前。我像个疯子一样喃喃着："瞧啊，再过几步就是所谓的伊斯兰之地啦。"离我两步开外便是亚洲。这简直不可思议。那个一度比传说之国还遥远的大陆现在就在这里，在我们鼻子底下。无论如何，我都无法相信。再说，谁又能相信土耳其人真的近到这个地步。他们在那儿，可所有事件、钟点、日期，所有距离和时间的刻度都仿佛消散在雾中。让人有时恨不得高呼："他们跑哪儿去了？"脚下，土地还是它一贯的样子；头上，冬日的苍穹笼罩大地。然而，从那儿起，或者说到那儿为止,正是他们巨大的帝国,从中国内陆的沙漠延绵而来。

在我出使边境的这段时间里,一个活人都没见过,无论哨兵,还是居民。整个地区似乎完全荒弃了。只有最后一个晚上(哎!要是那晚我没留下来就好了),我听到了土耳其的音乐。现在,我依然不知道这歌声和旋律是从何处传来的,谁唱的,又为何而歌。也许是几个流浪的苦行僧,被夜色困在边境,或是他们国家的官员从首都来划定边界线,又或者是某队游走四方的音乐家,我无从得知。不过,归根结底,我也没在这个问题上费太多脑筋。我听着他们的歌声,伴着不知名的乐器,感到一阵从未有过的不安攫住了我。这份不安海一般扩张,海面透不出一丝希望的迹象,这份不安无边无垠。一首歌里如何能蔓延出这等倦意,吐出一阵大麻的迷烟?音符被拖得很长,没睡醒似的,一切都变了模样,扭曲了形状。这就是他们的音乐,我心想,他们内心的声音。它被推向我们,仿佛随着安眠的轻烟。听到这歌声,律动的舞步也要停下,好像陷入噩梦。多么可怕!

我回来了,这趟出行令我惊恐不已。

直到十一月中旬,都没有什么值得一提的事情发生,除了一天早晨,河水里出现个溺死的人。他撞到墙葬者脚下（现在水位已经涨到那里了），自己原地打转，还用胳膊肘顶了死者一下，好像在对他说："你过得怎么样，老兄？"随后便顺着水流飘远了。

看到这一幕的人，本想讲给其他人听，却遇上他们怀疑的目光。"这件事不是去年发生的么，"后者说，"我们一起见着的，你们不记得了？"然后，这一拨和那一拨人，一时间双方都哑口无言。石桥脚下，时间如流水般打着旋，似乎停在原地驻足不前。

四十九

一天早上，天还没亮就有人把我叫醒，告诉我有群人正在过桥。

"是谁？"我迷迷糊糊地问。

"是巴尔塔家。他们一家人和那头黑牛。上帝呀，保佑我们吧！"

我凑近一个面向石桥的小垛口。我料到总有一天人类的足迹会踏上这座石桥，但我不认为这天会来得这么快。肯定要等到明年开春，我对自己说。

"你瞧见他们没?"下面有个颤抖的声音问。

"见着了。"我应道。

他们正走到桥中央,所有人,无论大人孩子,都穿着黑色胡普兰,那头牛除外。

"他们这是上哪儿去呀?发生什么啦?"我朝着人群问道。

"他们肯定有什么难处。"下面有个声音说。

一件难事,我暗想。这些黑袍子到底会有什么心事呢,他们走着,活像地平线上一个个柴垛,中了魔法,活动起来。"哦上帝啊,保佑我们。"下面有人说。

为首的黑袍子,最高的一个,牵着牛,到达河对岸,安然无恙。其他人由高到矮紧随其后。

"他们过去了。"有人说。

大家等我说些什么,要么诅咒这群莽撞的家伙,要么相反祝福他们。也许很久以前起大家都感受到了那股隐秘、却难以抑制的欲望,想亲自走过石桥的欲望。我自己也曾隐隐约约起过这样的念头,而每当这股冲动掠过我心间,我就会花很长时间闲逛,把两腿累垮,就好像这股欲望就来自我的腿,而我要因此惩罚它们。

日子一天天过去。巴尔塔一家为了救急不得不卖掉家中的牛,他们那晚就回来了,还是从桥上过的,心中灌满一世界的苦楚。四处都在谈论他们过桥这一趟,但是人们的话里既没有仇恨，也没有责备。只有一声绝望的叹息。

在此期间，摆渡人乌克病倒了。他着了凉，这当然没什么值得大惊小怪的。相反，当大家得知这个消息的时候，令所有人惊讶的是，整日整夜生活在这艘破破烂烂的渡船上，双脚在水里泡了四十多年，他居然到现在才染上风寒。

没过多久船工死了，人们当天就把他埋了。那是个阴沉的午后，乌亚那河波浪起伏，发黑的渡船，原本拴在船埠的绳链上，突然从水上一跃而起，仿佛一匹马感到了主人的死亡。

"渡船与木筏"公司没有再换船工。它好像连废弃的渡船都忘得一干二净。写着公司名称与过河费的铁板下面，用作支撑的柱子已经变了形，后来有一天大家发现它被人偷走了。

船夫的死就像是大家等候已久的信号，现在为了到河对岸去，人们开始渐渐借道石桥。巴尔塔家之后，棕头发一家也过去了，接着是两个罗贝尔旅舍的老板，还有他兄弟，二人都酩酊大醉。同一天，有几个外来的朝圣者也从石桥上走过，而到了十一月十八号，将近晌午，斯特莱斯家的一大群人也过去了，还包括一名孕妇。

至于赞内比什一家，没人从桥上走。许多上了年纪的人，老阿伊库娜首当其冲，不仅发誓永远不踏上恶魔的脊背一步，甚至还在誓言中说，他们宁愿抛尸河里，也不愿把尸体通过石桥运到对岸的墓园去。

与此同时，荒废的渡船依然泊在老埠头上，它正以惊人的速度腐烂。这真是奇怪，特别是考虑到数十年间它尽职工作，从来不需要修缮；但人们扔着它不管，只要一小会儿，就足以让它腐朽成灰。

五十

十二月三日一大早，有人看见唐·穆德希和儿子们牵着头山羊从桥上走过。后面跟着吉奥吉家族的人，往法官家里去。接着是傻子吉洛什（他走到桥中央，然后又半路折返）。过了一会儿，伴着一阵喧闹的笑声与蹄声，几乎整个乌勒卡纳坦家族都骑着骡子，从桥上鱼贯而过，去参加布泽则则家的婚礼。紧随其后的是杜达的女儿们，还有傻子吉洛什，他走着之字形路线又一次从桥上过。将近正午时候，先后过去了两拨陌生人，还有个从两个罗贝尔旅舍出来的醉汉。快到黄昏的时候，斯塔尼·斯特莱斯，身骑一匹枣红色的马，从桥上飞驰而过，没人知道是为了什么，随后，又走过去一个别国的邮差。当夜幕降临，过桥的人稀少起来；此外，此刻昏暗的夜色也让人很难看清赶路人。人们认得出他们的轮廓，顶多能从步态里分辨出他们是不是阿尔巴尼亚人，但是没人猜得到这些人为什么启程：出于喜悦，憎恨，利益还是死亡。

五十一

一百多个小时里，再没有谁没从桥上走过。下雨了，地平线化在一片氤氲里。人们反复谈起大鼠疫正在中欧肆虐。

五十二

拱桥的所有者很久没什么动静了，直到某个周末，人们看见他们的两个使者骑着骡子出现。见着使者，所有人都目瞪口呆，好像撞了鬼似的。大伙的目光紧随二人，一脸诧异，不相信这辈子还能在世上再见到他们。

他们对石桥的状况没表现出丁点兴趣，一眼也不瞧第一个桥洞里的死人，而是立刻投入此行的工作中。他们在桥的两端各挖一个洞，分别立下一根铁柱，上面固定着一面铁牌，就像不久前"渡船与木筏"用的一样。显然，这是一张过桥税目表。一份详尽的价目，规定了一个人，一头畜生或者一辆车过桥需付的费用。还事先写明了：集体过桥即可减税，具体分为家庭或家族，牧群或车队过桥的情况。

人们看着牌子，若有所思：为了免费过桥人人都得装模作样，好啦！现在起只要付钱就可以啦！

牌子一立好，这两人便不走了；他们在船夫废弃的小木屋里落了脚，据说公司前不久刚把屋子买下。两人负责收取过桥费,轮流上岗。

奇怪的是,自从过桥收费后,打桥上过的旅客反而不住增多。

五十三

一个去拜占庭的威尼斯僧人带来了更多关于发罗拉基地的噩耗。根据土耳其帝国的一份政令所言,基地原先的名字奥里库姆已被改为帕夏利曼。这名字惹人发憷,非同寻常,它在土耳其语里的意思是:万港之港,海港之首或者港中帕夏。一个军事基地被赐予这样的名字,不难看出它的作用。这是奥斯曼人在欧洲腹侧豁开的一扇大门。

时局异常动荡。在发罗拉,将基地一分为二的分界线上,阿尔巴尼亚和土耳其士兵每日摩擦不断。

那个僧人走后,我实在很沮丧。我久久漫步在被诅咒的乌亚那河河岸,心中全是些灰暗的念头,就像这流水一样。几周前在边境听到的哀乐时不时在我脑海中浮现。他们就是想用这萎靡的音调,如绳索一般,捆住我们的双脚。拴住了脚，他们会接着绑起我们的手，我们的灵魂。

人们从空气中察觉出，奥斯曼帝国饥肠辘辘。这是一份来自遥远草原的贪婪。他们要让阿尔贝尔的土地皈依亚洲。啊，伟大的上帝，请别离我们而去，我长叹一声，如此祈祷。

命运让阿尔贝尔落在历史交汇之处，夹在东西之间。西方，计算与利率于一片血泊中盘根错节，而东方，鲜血染红了天际。

我正是怀着这些念头在河岸边漫步。夜晚来临。石桥凝固在河水之上，好似一只腾跃而起的鹿，突然石化在原地。冰冷，荒芜。顷刻间，我有种感觉，在石桥微微隆起的线条里，在桥拱中，在小窗里，在孤独中，蕴含着一份期盼。你在盼什么，啊，你这石家伙？我自问。远方的幽灵么？皇家军队，无名的脚步声，数十、数百小时行走不休的脚步声？我诅咒你！

五十四

新消息接踵而至，一条接着一条，都是噩耗，就像坏时节里的乌云。土耳其人发起一轮猛烈的外交攻势。阿尔贝尔边境上有四个公国都已归顺苏丹。现在，巴尔干地区超过半数的人口都臣服于奥斯曼的新月之下。十一位阿尔巴尼亚大公里也有三人已经宣誓效忠苏丹王。巴尔干全境内，土耳其军队正大张旗鼓地对仍未屈服的亲王和公爵进行恐吓。巴尔干的所有领主，无论阿尔巴尼亚、克罗地亚、希腊、塞尔维亚、罗马尼亚、马其顿还是斯洛文尼亚，纷纷派遣信使前往威尼斯或者土耳其，有时同时派去两边，只为在两种背叛里选择代价不那么昂贵的一个。斯库莱伊伯爵正准备向苏丹王派遣使团。穆扎卡家族似乎也动摇了。人们还不知道杜卡金家是什么态度。他们后撤到高原地区去了，这是类似情况下他们的惯常做法，而高高在上，于一片烟雾之后，他们还要从长计议。某些阿尔巴尼亚的大公并不明白，举起白旗的那一刻，他们早就掘好了坟墓，为国家，也为自己。我时常回想起，去年，在狼原上的那场狩猎，白雪飘落，如同千片和平的碎絮散在宾客的家徽与纹章上。

　　我常常会想起被诅咒的乌亚那河边，两位伯爵夫人的笑声，想起她们调侃"阿卜杜拉斯"这个名字，嗤笑出声，想起她们对小姑卡特琳娜蜚短流长，"皇后"，她们如此戏称，因为她的丈夫查理·托皮亚，对阿尔巴尼亚空置已久的宝座垂涎不已。我记起这一切,发现自己畏惧这些精致的女人堪比土耳其弯刀。我害怕礼物与丝绸,土耳其人对它们毫不吝惜,而这些女人则寤寐求之。

不久以前,卡什尼埃伯爵和台佩莱纳公爵最先向苏丹投诚,现在他们嘲笑起当初预言他们没好下场的人来。"你们之前警告我们,"他们道,"说土耳其会毁了我们,剥我们的皮,让我们受尽屈辱,但我们还是自己土地的主人。我们的城堡还在原地,我们的徽章、名誉和领地,安然无恙。你要是不信,就来亲眼确认一下!"

这就是这帮大公,特别是大公夫人们,写信告诉其他大公的内容。而且,实际上,从一定程度说来,事实也确实如此。土耳其没动他们。什么都没改变,只除了一个看起来不起眼、无关紧要的细节。那就是这些信上的日期。信件不是写于一三七九年的,而是——这正是奥斯曼人鲜有的几项苛求之一——写于伊斯兰教历七五七年。

可怜的家伙。他们倒退了六个世纪,却还嘻嘻笑着,插科打诨。这多可怕!

五十五

两个罗贝尔旅舍从未接待过这么多客人。不过,正是从那里我们打听到各种消息,其中大多数,哎呀,并不乐观,只偶尔带来一丝希望。

穆扎卡家族又一次拒绝向奥斯曼人屈服,这已经是奥斯曼第三次发出通牒了。相反,两位男爵,戈罗帕和马特兰哥,则已经承认土耳其为宗主国。塞尔维亚边境的两位克拉耶①和另一位克罗地亚亲王追随其后。我们还不知道尼古拉·扎沙里和他的封臣如何打算。卡斯特里奥特家族也一样。传闻说查理·托皮亚大伯爵和巴尔沙二世,两个最强大的领主,可能会结成联盟,但也许这更多是美好的愿望而非现实。托皮亚称王的野心是横亘在联盟间几乎不可逾越的障碍。其他谣言说,查理·托皮亚或派使者去和匈牙利国王签订盟约。至于老巴尔沙,他退入了深山,就和杜卡金家一样,更何况他太

---

① 14 世纪塞尔维亚的封建称号,具体指代不详。

老，无力再领导一次战役了。不管怎样，无论是各自为政还是两两或者有时三方联手，大多数阿尔巴尼亚大公都在备战。斯特莱斯伯爵，我们大人，也在召集封臣和骑士，要他们做好准备。

战争来了，迎面而来，无所不在，只有瞎了眼才会对它视而不见。一个不祥的国度，新月高照，威胁着阿尔巴尼亚。这颗阴森可怖的天体，这轮新月，原先还是蜜色，现在却变得一片血红。这轮亚洲草原上的明月是凶险的，极其凶险，但从某种角度来说，它也是酵母，让我们的命运发酵。在它阴冷的光芒之下，阿尔巴尼亚明白了许多事情。不幸会磨砺它，让它流血，但也使它变得伟大。数年的悲剧与鲜血将教会阿尔贝尔数百年来耕犁与橄榄没能教会它的事情。"要有光。"圣经说，但对于我，这句话，在我的意识里，却总被换成："要有阿尔贝尔！"因为，我的心告诉我，阿尔巴尼亚还要经历很多次的分分合合才能永远植根于大地之上。

五十六

　　天气又冷了下去。天上下起一阵恼人的雨夹雪,为万物披上一件灰色大衣。

　　在临近的帕夏辖地,一支规模庞大的土耳其军队又有了新动作。

　　一天早上,我们在石桥两端看见我军的哨兵站岗放哨。我们大人和相邻帕夏辖地的关系又恶化了。

　　武装警卫在过桥价目牌边上呆了整整一天一夜。大伙本以为这是个临时措施,但是,三天之后,我们却发现卫兵的数量增多了。

　　令人忧心的消息,鸦鸣一般,从四面八方向我们传来。老巴尔沙可能彻底看不见了。夜晚侵入了他的眼睛,随后就将触及他的灵魂。人们当然可以说:真希望我看不清明天会怎样!可是,战争的阴云早已笼罩在我们头顶上空。

五十七

与此同时，旅途中经过此地的游客，还有满世界不知在哪儿闲逛的富人们，却好像对巴尔干四处发生的一切全然不知，愈发频繁地跑来石桥参观。最近一段时间，这股热情如此高涨，就连两个罗贝尔旅舍门上都贴出了告示，上面用四种语言写着：

本店提供往返接送服务，前往埋着墙葬者的著名三孔桥，价格如下（后面跟着不同币种的价格）。

一辆四匹马拉的大车，在酒店和石桥间来回接送客人，一天两到三次，有时更多。七嘴八舌、吵吵嚷嚷，就像所有出来游玩的人一样，一队队游客们在桥上和岸边走来走去，探着头，满心好奇四处打量，看看石墩，看看桥侧窗，然后久久盯着墙葬人所在的第一个桥拱。桥边可以听见各国的语言嗡嗡作响，千篇一律、没完没了，直惹人心烦。不止一次，我混到人群中，想听听这帮人叽叽喳喳说些什么，他们的对话与昨天的没什么两样，又不尽相同。仿佛时间已经停止了流动。他们讨论着传说和拱桥，相互问来问去，把古老的传说和穆拉什·赞内比什的死混为一谈，努力对种种事实作出解释，却越说越乱，直到一辆来自两个罗贝尔旅舍的马车，拉着又一批游客前来，接他们回去。然后一切重新开始：是那三兄弟造的桥么？不，你说的，是原来传说里的事。石桥是个有钱人造的，他开了家路桥公司，做的是沥青生意。他在都拉斯有自己的银行。但要这是个传说的话，怎么会有人被埋进墙里呢？我没觉得这有什么不清楚的地方，先生。这人是为了平息水神的愤怒献身的，还因此拿到一笔丰厚的抚恤金，分给家里人。哈，你说说，都扯到水神了，你还敢说不关传说的事？我又没说不相干，只是……这件事，动机，还是那笔许诺的抚恤金。

于是他们就谈起了抚恤金，听见赔款的金额便直吹口哨，表示惊叹，他们计算着那家人能在石桥利润中分到多少，把钱数换成各自公国的货币，接着又换成威尼斯杜卡托。就这样，不知不觉间，话题偏离了拱桥，转向都拉斯银行的货币兑换，各币种市价随季节和政局变化的波动情况，还有整体物价。对话进行得很顺畅，直到突然，一个迟来的人，凑近这群人问："可有人告诉我们说被埋在墙里的是个女人，这里却是个男的。""噢，"两三个声音同时回道，"你还在说那个老传说呀？"

然后，一切周而复始。

五十八

突然间，游客少了。然后他们消失了。一时间，一股无声的沉寂在此盘踞。我们对外面发生了什么一无所知，直到有一天，大伙无不绝望地得知一个可怕的消息：土耳其人已经走出关键一步，诅咒了欧洲。

从不同人口中，从亲身经历了事件的人或与之有关的人那儿，我一条又一条搜集事件发生的细节。借助各种证言，整个事件，得以如黑色庙宇一般，在我脑海里，逐渐构建出来。

事情发生在十二月十七日下午，土耳其与阿尔巴尼亚边界附近，整个仪式按照奥斯曼帝国史书所记载的古老规则进行。土耳其的战争律法规定，每一场战役开始之前，进攻目标，无论城堡、城墙还是单单一条战壕，都必须由军队的咒术师下咒。

有人说古代史书清楚地规定了——他说着甚至还拿出一份绘图资料——诅咒的动作：咒术师张开手掌，向前伸，仿佛要推着不祥的诅咒飞入空中，他如此反复三次，随后转过身，背对已被诅咒的对象。

土耳其史书描述了进攻之前对城堡，对反抗的帕夏辖地，甚至是对国家的诅咒，但从未有过一次诅咒整个大陆的先例。也许正是出于这个原因，当帝国的首席咒术师苏鲁拉，于十二月十六日晚抵达帝国最远的边境时，据证人说，他看上去有些心绪不宁。

天空看起来阴云密布，天气很潮湿，一座临时搭建的清真寺小尖塔竖立在平原尽头，而塔前的原野，一整片都笼罩在雾气之中。

咒术师爬上铁顶的小塔，在塔顶呆了一阵，眺望远方，朝着我们所在的方向，那儿正是，他们眼中，可憎的欧洲开始之处。天气糟透了，浓雾让人什么也看不清楚。陪同苏鲁拉一路到达边境的一小队高级官员静静呆在一边。尖塔脚下，帝国史官正打开厚厚的卷本准备记下整个过程。

苏鲁拉向前伸出双手，将手从宽大的袖子里掏出来，他的长衣既是便服，又作军装。在场所有人都注意到他的手掌出奇地大，但是，说到底，这也是意料之中的事，毕竟他不是白白成为帝国的首席咒术师的。

他先看了看自己的手，然后，将目光从灰暗阴沉的天际移开，双手举过面前直到前额。他的手掌开始发白。他举着手等了好一会儿，直到双手惨白犹如死尸，然后他猛然向前推出双手，仿佛厄运已如肥皂泡一般被推向了远方。

他将这个动作重复三次。诅咒仪式就这样完成了。

一片缄默中，他由随行人员跟着，走下塔去。其他官员一直把他送到车边，车门上画有皇家大咒术司的标志。他和助手登上车去，而当拉车的骏马在冬日的冷风中向着他们来的方向飞驰时，与之相反，飞向我们的，飞向欧洲大陆的，是诅咒。魔咒穿过迷雾而去（或者说是而来），如同一只不祥的鸟、预言、征兆、病态的梦魇。

这就是所有事情的经过。伟大的上帝啊，与我们命运相连的到底是一个怎样的国家？它随风为我们送来了怎样的预兆，它还会为我们带来什么呢？

五十九

细雨继续落着。周遭的一切都被打湿，灰蒙蒙的。

浓雾卷起困倦的浪花，一潮一潮涌向平原。有时雾气似乎僵在原地。一切都消失了，或者说几乎所有一切，无论是四周的村庄，旷野，还是石桥。在这昏暗的日子里，墙葬人似乎变得更远了，可也更近了。人们可以预见，不知哪个时刻，他就会摆脱这种不生不死的处境，走向我们，就像活人走向人间，或者相反，离开我们，就像死者回归亡灵。

但是，他却执拗地呆在生死之间，决心既不走向一方，也不去向另一方，对我们所有人而言他都是持续的折磨。没人知道他的皮肉在里面变成了什么样，但是他的石灰面具却一如既往，他张开的乳白色双眼，他的脸颊、嘴唇、下巴，总是一个模样。有时，他会像外墙面那样，身上出现潮斑，干了之后，留下印记。

他的家人们来看他的次数越来越少。他们现在不是分为两派，而是四个敌对方；他的妻子带着孩子，他的父母，还有两个兄弟各为一边。关于抚恤金分配的争论整个秋天不断激化，而他们打的官司漫长得令人绝望。

每一方都会带着各自的理由和苦恼，走到石灰面具前站定。死者张开的双眼总是同样的眼神，而来访者们肯定想着，下次他们会和石灰处得更好。下次……我无法想象这座雕像能坚持多久；或者，如果它能存在很久，随着年岁又会变成什么样。四季为它洒上灰尘，风慢慢腐蚀着它，非常缓慢，如风侵蚀着世界，而他，穆拉什·赞内比什，虽然眼下戴着保护面具，阻止了年岁增长，但终究依然会老去。只不过衰老对他而言，不会同常人的衰老一般，一季一季或一年一年到来，而是一个世纪一个世纪地降临。有时，我会在心里对他说："可怜的穆拉什，你将要看到怎样的不幸呀，因为我觉得未来充满灾难。"但有时我也会这样对他说："你真有福气，你可以经历很多事情，因为无论发生什么，我都坚信绝对没有任何一场毁灭性的风暴能把伟大的阿尔贝尔从世界表面清除，它定会走出一场场苦难，变得更加强大。"

六十

十二月二十三日，下午四时，变故突生。一切都发生在眨眼之间，但这件事却足以将时间就此一分为二。十二月二十三日起，人们的话语中，时间不再唯一。从此有了那件事之前和那件事以后的日子。

就在四点前（当天天色阴沉，让人觉得从早上起就一直是四点光景），就在致命一刻来临之前，四周看不出一点警报的迹象。被诅咒的乌亚那河边，延伸开去的广袤平原，似乎被十二月的浓雾压得喘不过气来。一切看起来都模糊不清，可刹那间，从冰冷的雾气中，不知怎的，冲出七名骑兵。他们迅速逼近，却不是直线飞驰，而是循着诡异的路线，迂回向前，仿佛有阵无形的飓风吹着战马，从这边，从那边，一阵阵推它们前行。直到骑兵靠得足够近，我们才得以看清他们的头盔与战甲，才发现他们是土耳其骑兵。

一见骑兵向桥奔来，顺流方向石桥右侧站岗的哨兵立刻就位，叉起长枪。骑兵继续循着曲折的线路飞驰而来。远远地，警卫高喊："站住！"即使是有通行证的外国人也应该停下，如果未经许可穿越国境线，就更应如此，最近一段时间不止一人这么做。但是这些骑兵却拒不服从。

据远处目击整个事件的证人说，他们仿佛经历了一场无声的萨拉班德舞①。两个土耳其人成功辟开一个缺口，突入石桥中央，一名哨兵在后面紧追不舍。第三个土耳其骑兵跌落马下，在他四周，阿尔巴尼亚人和土耳其人短兵相接，激战中长枪乱舞，一刀刀刺向对方。一

---

① 一种缓慢的三拍舞曲，据说起源于西班牙。

个土耳其人设法脱身，冲出包围，紧跟在追赶头两个土耳其人的哨兵身后，与此同时，其他警卫正从石桥另一边赶来，迎头遇上桥中央的土耳其人，又是一场混战。

所有这一切，正如我所说，都在一片惊人的寂静中进行，至少大家印象中就是如此，也许是因为所有嘈杂声都湮灭在河水轰隆中。只有一次（啊！到现在想起来，我还会浑身发抖），仅有一次，在这片静谧的混沌中，迸出一个人声。但又不完全是人声，而是有如一声孤零零的"喀拉"，一声可怕的呻吟，从什么非人的生物喉咙里冒出来。这场黑影之战依然继续，土耳其人从石桥中央向右端飞奔，调转马头带起落下马去的士兵，又是一阵长枪交错，最终，土耳其人撤退了，仓皇逃向他们来的地方，逃进迷雾里，他们身后，跟着一匹没有骑兵的孤马，不住嘶鸣。

结束了。骑兵消失在天际，如他们出现时一般，大家甚至觉得刚刚发生的一切不过是幻觉，可是……在桥上留着一个印记。石桥正中浸满鲜血。

很快，伯爵亲自来到事发地。他脚步缓慢地走过整座拱桥，而哨兵们，盔甲上还带着长枪的划痕，向他讲述事发始末。他们在那摊血迹前停下。这应该是那个被骑兵们带走的土耳其士兵的血。它正在凝固，沙砾上留下最后的闪光。

"土耳其之血。"我们大人说着,声音嘶哑而低迷。

没人抬眼。我们见过他们亚洲款式的服装,听过他们的音乐,现在我们望着他们的血。

这一天总会来。它随着时光的车队前行已久。我们料到它会降临,却没想到这一天会来得这么突然,带着七个从浓雾中闯出的骑兵,很快又为雾气吞噬,跟着一匹没有骑手的战马。

六十一

时间一点点过去,事件显得愈发沉重。那一晚无限膨胀着。之后的日子也是。接下来一周所迎来的宁静并没有冲淡事实的沉重感,反而越发加重了它。混乱中,我们的士兵和土耳其骑兵在桥上的一举一动,我们在远方看见的一切,犹如噩梦中被拉长的慢镜头,在所有人脑海里,一遍遍重演。这场奇袭仿佛是战争的开场。骑兵突袭绝非偶然,现在看来毋庸置疑。到处都传来绝望的消息。在发罗拉基地,在托皮亚公国,在杜卡金和卡斯特里奥特家族,在北方,在各地,土耳其人发动了大规模的进攻。只有比傻子吉洛什还没判断力的人才会看不出来,从某种程度上说,战争已经打响了。

  每周日晚,当我在荒芜的沙地上散步时(傻子不久前曾在桥上咯咯笑着闲逛),我感到一阵从未体验过的绝望。月光向着平原遍洒清晖,为它戴上一层生硬的面纱。一片惨白,万物皆死,而我几乎难过得窒息:"你怎么就变成了亚洲之地,你呀,我美丽的阿尔贝里?"

  我的目光模糊了,曾经,我从穆拉什·赞内比什的脖子上认出血斑,而此刻,我觉得如水月光之下,眼中的原野仿佛整片浸在鲜血之中,远山也化成灰烬。我看见土耳其的铁骑荡平世界,将伊斯兰的疆域伸向四方。我看见战火与残垣,人与史书的残骸被烧成灰烬。我们的音乐、舞蹈、服饰,还有我们庄严的语言,爬上高山,为了躲避可怖的土耳其语后缀,那只爬行巨兽的尾巴的纠缠。我们的阿尔巴尼亚语,躲在群山之间,与雷鸣闪电相伴,混在雷电之中,而在底处,平原依然寂静无声。悬在万物头顶,那轮被咬了一口的明月,织造着来自贫瘠草原的幻象。

  即将到来的黑夜会很漫长。它的时针会走得缓慢,极其缓慢。伊斯兰历七五五年。

  这些念头在我脑中一圈圈徘徊,不经意间,我走到了第一个桥拱,墙葬人所在的桥拱。月光把他照得比任何一晚都要亮,而我久久僵立着,眼睛凝视着他石灰做的眼睛。"穆拉什·赞内比什,"我悄声说(从某种程度上说,我在模仿傻子吉洛什,不久前他也曾经这样对墙葬人说话,但这个念头完全没有让我感到不安),"穆拉什·赞内比什,"我喃喃道,"你在我之前死去,却比我活得更久……"我无力将视线从他无神的双眼挪开,那惨白让我难以承受。为什么我会在这儿,我想对他说什么,我又在期待他什么?我应该尽早离开这月光的灰尘,这祭祀之地,但我的双腿却不听使唤。我觉得,他眼睛上的石灰薄膜随时都可能脱落,好传递出讯息。这信息,我几乎已经猜到了。他的眼睛好像对我说:"我们俩,嘿,僧人,我们挺像的。你不觉得吗?"

事实上,我就是这么觉得的,当我向后退去,眼睛却依然没有离开他(我觉得这是唯一能让我离开他的方法),我想到自己应该尽早回家,写完这段历史。尽早回去,因为时局已动荡不堪,因为也许很快长夜就会降临,因为那时无论是谁妄想记录历史都可能会丢掉脑袋。也许这部历史,一如这座拱桥,需要一个祭品,而牺牲者还能是谁呢,除了我,*吉恩修士,吉奥吉·乌克沙玛之子,我写下这些事实,因为我知道在我们的语言*

里找不到关于被诅咒乌亚那河上石桥的任何记载，亦没有记录下威胁我们的不幸，而我做这一切，只为我对这土地的爱。①

---

① 原作中，斜体部分根据吉恩·布祖克修士发表的阿尔巴尼亚语首稿，系古阿尔巴尼亚语写就。——法译本注

"蓝色东欧"译丛（部分书目）

第 一 辑

- **《石头城纪事》**（小说）
  【阿尔巴尼亚】伊斯梅尔·卡达莱 著

- **《错宴》**（小说）
  【阿尔巴尼亚】伊斯梅尔·卡达莱 著

- **《谁带回了杜伦迪娜》**（小说）
  【阿尔巴尼亚】伊斯梅尔·卡达莱 著

- **《石头世界》**（小说）
  【波兰】塔杜施·博罗夫斯基 著

- **《权力之图的绘制者》**（小说）
  【罗马尼亚】加布里埃尔·基富 著

- **《罗马尼亚当代抒情诗选》**（诗歌）
  【罗马尼亚】卢齐安·布拉加等 著

第 二 辑

- 《我的疯狂世纪》（传记）
  【捷克】伊凡·克里玛 著

- 《我的金饭碗》（小说）
  【捷克】伊凡·克里玛 著

- 《一日情人》（小说）
  【捷克】伊凡·克里玛 著

- 《终极亲密》（小说）
  【捷克】伊凡·克里玛 著

- 《等待黑暗，等待光明》（小说）
  【捷克】伊凡·克里玛 著

- 《没有圣人，没有天使》（小说）
  【捷克】伊凡·克里玛 著

- 《花园里的野蛮人》（散文）
  【波兰】兹比格涅夫·赫贝特 著

- 《带马嚼子的静物画》（散文）
  【波兰】兹比格涅夫·赫贝特 著

- 《海上迷宫》（散文）
  【波兰】兹比格涅夫·赫贝特 著

- 《父辈书》（小说）
  【匈牙利】瓦莫什·米克罗什 著

第三辑

- 《乌尔罗地》（散文）
  【波兰】切斯瓦夫·米沃什 著

- 《路边狗》（散文）
  【波兰】切斯瓦夫·米沃什 著

- 《第二空间——米沃什诗选》（诗歌）
  【波兰】切斯瓦夫·米沃什 著

- 《无止境——扎加耶夫斯基诗选》（诗歌）
  【波兰】亚当·扎加耶夫斯基 著

- 《捍卫热情》（散文）
  【波兰】亚当·扎加耶夫斯基 著

- 《索拉里斯星》（小说）
  【波兰】斯塔尼斯瓦夫·莱姆 著

- 《遗忘的梦境——查特·盖佐短篇小说精选》（小说）
  【匈牙利】查特·盖佐 著

- 《流星——卡雷尔·恰佩克哲学小说三部曲》（小说）
  【捷克】卡雷尔·恰佩克 著

- 《神殿的基石——布拉加箴言录》（箴言）
  【罗马尼亚】卢齐安·布拉加 著

- 《十亿个流浪汉，或者虚无——托马斯·萨拉蒙诗选》（诗歌）
  【斯洛文尼亚】托马斯·萨拉蒙 著

第 四 辑

- 《耻辱龛》（小说）
  【阿尔巴尼亚】伊斯梅尔·卡达莱 著

- 《三孔桥》（小说）
  【阿尔巴尼亚】伊斯梅尔·卡达莱 著

- 《接班人》（小说）
  【阿尔巴尼亚】伊斯梅尔·卡达莱 著

- 《绝对恐惧》（小说）
  【捷克】博胡米尔·赫拉巴尔 著

- 《严密监视的列车》（小说）
  【捷克】博胡米尔·赫拉巴尔 著

- 《雪绒花的庆典》（小说）
  【捷克】博胡米尔·赫拉巴尔 著

- 《温柔的野蛮人》（小说）
  【捷克】博胡米尔·赫拉巴尔 著

- 《无常的夏天》（小说）
  【捷克】弗拉迪斯拉夫·万楚拉 著

- 《赫贝特诗歌精选》（诗歌）
  【波兰】兹比格涅夫·赫贝特 著

- 《垃圾日》（小说）
  【匈牙利】马利亚什·贝拉 著

· 部分书名为暂定，以出版时为准 ·